琼瑶

作品大全集

冰儿

琼瑶 著

作家出版社

琼瑶，本名陈喆，作家、编剧、作词人、影视制作人。原籍湖南衡阳，1938年生于四川成都，1949年随父母由大陆赴台生活。16岁时以笔名心如发表小说《云影》，25岁时出版首部长篇小说《窗外》。多年来笔耕不辍，代表作包括《烟雨蒙蒙》《几度夕阳红》《彩云飞》《海鸥飞处》《心有千千结》《一帘幽梦》《在水一方》《我是一片云》《庭院深深》等。

多部作品先后改编成为电影及电视剧，琼瑶也因此步入影视产业。《六个梦》系列、《梅花三弄》系列、《还珠格格》系列等，影响至深，成为几代读者与观众共同的记忆。

琼瑶以流畅优美的文笔，编织了众多曲折动人的故事。其作品以对于梦的憧憬和爱的执着，与大众流行文化紧密结合，风靡半个多世纪，成为华文世界中极重要的文学经典。

我为爱而生，我为爱而写

文字裡度过多少春夏秋冬

文字裡留下多少青春浪漫

人世间既然没有天长地久

故事裡火花燃烧爱也依旧

琼瑶

琼瑶，本名陈喆，作家、编剧、作词人、影视制作人。原籍湖南衡阳，1938年生于四川成都，1949年随父母由大陆赴台生活。16岁时以笔名心如发表小说《云影》，25岁时出版首部长篇小说《窗外》。多年来笔耕不辍，代表作包括《烟雨蒙蒙》《几度夕阳红》《彩云飞》《海鸥飞处》《心有千千结》《一帘幽梦》《在水一方》《我是一片云》《庭院深深》等。

多部作品先后改编成为电影及电视剧，琼瑶也因此步入影视产业。《六个梦》系列、《梅花三弄》系列、《还珠格格》系列等，影响至深，成为几代读者与观众共同的记忆。

琼瑶以流畅优美的文笔，编织了众多曲折动人的故事。其作品以对于梦的憧憬和爱的执着，与大众流行文化紧密结合，风靡半个多世纪，成为华文世界中极重要的文学经典。

我为爱而生，我为爱而写

文字裡度过多少春夏秋冬

文字裡留下多少青春浪漫

人世间雖然没有天長地久

故事裡火花燃烧爱也依舊

瓊瑤

我要告诉你一个故事。

中国有许多笔记小说，有许多传奇故事，我要告诉你的这个故事很短，出自一本名叫《琅嬛记》的书。

据说，有一位书生，名字叫沈休文。有一天，沈休文在他的书房中独坐读书，当时天正下着小雨，风飘细雨如丝。沈休文忽然看到有个女孩，手里拿着纺纱织布用的络具，她一边走，一边把雨丝收束起来，用络具纺着雨丝。就这样随风引络，络绎不断。纺着纺着，她就走进了沈休文的书斋，把她用雨丝所纺成的轻纱，送给了沈休文，并且告诉他说：

"这丝名叫冰丝，送给你做成冰纨。"

说完，这女孩就不见了。沈休文后来把冰丝做成衣裳，又做成扇子，终年随身，视为珍宝。

第一章

　　她走进他那私人诊所的时间，大约是午夜十二时五分左右。天空下着毛毛细雨，二月的冬夜，天气冷得出奇。白天，全是患流行性感冒的大人孩子，挤满了小小的候诊室。到了晚上，病人就陆陆续续地减少了。十一点前，他送走了最后一个病人，十一点半，值夜班的两位护士黄雅一和朱珠都走了。他一个人把诊所前前后后都看了一遍，本来该关上大门，熄灯，上楼睡觉去，却不知怎的，在候诊室的沙发上坐了下来，对着玻璃门外的雨雾，静静地凝视着，就这样看出了神。

　　大约由于白天的喧闹，夜就显得分外地寂静。他看着玻璃门上，雨珠慢慢地、慢慢地滑落，非常静谧。一天里，只有这么短短的一段时间，是属于自己的，他喜欢这份沉寂。雨夜中，诊所外悬挂的那块牌子"李慕唐诊所——内科、小儿科"兀自在夜色里亮着灯。

"年轻的李医生！"他想着母亲志得意满的话，"才三十岁呢，就挂了牌了！""书呆子李医生！"他想着父亲沉稳而骄傲的语气，"除了书本和病人以外，什么都不知道！""怪怪的李医生！"朱珠的话，"他硬是把古典和现代集于一身！"有一些喜欢朱珠吗？他在夜色中自问着。是的。他诚实地自答着。不只有一些，而是相当多。医生喜欢自己的护士，好像是天经地义的事情。朱珠，娇小玲珑的朱珠。他喜欢她，只为了她那句"硬是把古典和现代集于一身"。解人的女孩子，很会表达自己思想的女孩子，也是很能干的女孩子。

就在他想着朱珠的时候，墙上的挂钟敲了十二响。他静静地坐着，面对着玻璃门。他并没有听到脚步声，只模糊地看到一个人影，接着，玻璃门被推开了。

他睁大了眼睛。一个穿着白纱晚礼服的女孩正站在门口。她双手撑开了弹簧门，放进了一屋子冷冽的寒风。她就那样拦门而立，低胸的晚礼服，裸露着白皙而柔嫩的肌肤，看起来颇有寒意。曳地的长裙，裙裾遮住了脚和鞋子，下摆已在雨水中沾湿了。她有一头凌乱的短发，乱蓬蓬的，被雨水湿得发亮，短得像个小男生。短发下，是张年轻、姣好，而生气蓬勃的脸。皮肤白，眼珠乌亮，嘴角带着个甜甜的微笑，看起来是神采奕奕的。显然，她完全无视雨雾的寒瑟，她的笑容温暖如春，眼波明媚如水！李慕唐整个身子都挺直了，不能置信地望着眼前这景象。她站着，雨雾和灯光在她身后交织成一张朦胧的大网，她是从这张网里走出来的，双手还仿佛各握着一束雨丝呢！

迷路的辛德瑞拉！他想着，却找不着她身后的南瓜车。午夜十二时，迷魂的时刻，他八成看到了什么幻象。或正在一个梦中尚未醒来。他摇摇头，又甩甩头，累了！这一天确实很累了！再看过去。那女孩仍然亭亭玉立。现在，那笑容在她脸上显得更深了，眼珠更亮了，小小的鼻头上，沾着几颗雨珠。迎着灯光，那脸孔的弧线柔和细致。她笑吟吟地看着他，笑容里，充满了天真无邪。她看来非常年轻，也非常青春。

"请问，"她忽然开了口，声音清脆悦耳，咬字清晰，"李慕唐医生在吗？"

他从沙发里跳了起来，这才有了真实感。"哦，是，我就是。"他有些急促地答着。

"噢，那就好了！"她透了口如释重负的长气，双手一放，那弹簧门在她身后合拢了，把雨雾和寒风都留在门外，她轻巧地走了进来，脸上的笑容更深更深了，眼睛里，充满了阳光，整个人是明朗而喜悦的，"我真怕找不到医生。"

"谁病了？"他问，想进去拿他出诊用的医药箱，脑子中已勾画出一个狂欢舞会后的场面，有人醉酒，有人打架，有人发了心脏病，"你等着，我去拿医药箱。"

"不必不必。"她笑得非常诚恳，"病人就是我。"

"哦？"他呆住了，注视她。她双眸清亮如水，嘴唇上有光润的唇膏，她化着妆，看不出脸色有什么不对，从眼神看，她百分之百是健康的。

"不要被我的外表唬住。"她笑嘻嘻地说，"如果你不救我，我想我快死了。"

"哦？"他愣着。午夜十二时以后，有个闲来无事的女孩，走进诊所大门，来跟他开一个小小的玩笑，"你快死了？"他打量着她。

"真的。"她认真地说，依然笑着，"经过是这样的。今天晚上七点钟，我换好了我这件最漂亮的衣服，去赴一个宴会，结果，这宴会的男主人失约了。八点钟，我回到我租来的公寓里，我同住的女友还没有归来。九点钟，我写了遗书。十点钟，我把一头长发剪短了。十一点钟，我吞下一百粒安眠药。十二点钟，我后悔了，不想这么早就死，所以我走出公寓，看到了你的诊所还亮着灯光，我就这么走了进来！"

"哦？"他应着，瞪大眼睛，仔细看她，"你说的是真话？"

"那种药的名字叫导美睡。"她有两排黑而长的睫毛，扬起睫毛，她带笑的眸子渐渐笼上一层薄雾，"奇怪吧！吃了一百粒，居然毫无睡意。当然，也可能我买到假药了，说不定什么事都没有，可是，我不敢冒险，我必须把这一百粒药从我身体里除去。"她的声音清脆悦耳，只是稍快了一点，像流水流过小小的石坡。"所以，李医生，你要做的事不是发呆，而是给我洗胃灌肠什么的……我想，我想……"她唇边闪过一个更深的笑，"哎，我想，这药大概不是假药了！"

说完，她的身子一软，整个人就向地上溜去。

他飞快地伸出胳膊，那女孩就软软地倒进了他的怀里。他瞪视着怀中那张年轻的脸庞，还没从意外和惊愕中恢复，可是，医生的直觉告诉他，这女孩说的每一句话，都是真的了。

接下来，是一阵手忙脚乱的急救。

首先，他把女孩抱进诊疗室，放在诊疗床上，翻开那女孩的眼皮看了看，又拍打了一阵女孩的面颊，没有用。她沉沉地睡着，头歪在枕头上，他注意到她那头参差不齐的短发了。确实是刚刚剪过的。洗胃吧！必须立刻洗胃。

洗胃是件痛苦的事，又没护士在旁边帮忙，他把管子塞进了她的嘴中，直向喉咙深处推入。女孩被这样强烈的救治法弄醒了，她睁开眼睛，呻吟着，挣扎着，想摆脱开那一直往她胃部深入的洗胃器。他一面灌入大量的洗胃剂，一面去按住她那两只要拉扯管子的手。

"躺好！"他命令地喊，"如果你想活，帮我一个忙，不要乱动！"

她想张嘴，管子在嘴中，无法说话，她喉中咿唔，眼睛睁大了，有些困惑地看着他，接着，那眼光里就浮起一抹哀求的意味，有几颗小汗珠，从她额上冒出来了。

他知道他把她弄痛了，不只痛，而是在搅动她的肠胃呢！很苦，他知道，却不能不做。他注视着洗胃器，不能看她的眼睛，几分钟前那对神采奕奕、喜悦明朗的双眸，怎么被他弄得这么哀哀无助呢？他几乎有种犯罪感，莫名其妙的犯罪感！

抽出洗胃器，女孩立刻翻转身子，差点滚到地上去，他手忙脚乱去扶住她。女孩把头扑向床外，张开嘴，他又慌忙放开女孩，去拿呕吐用的盂盆。来不及了，女孩已经吐了一地。他诅咒着自己，应该先把吐盂准备好的，当挂牌医生虽然才短短一年，实习时也见多识广，怎么搞的，今晚就如此笨拙！他把吐盂放在床前，女孩开始大吐特吐，这一阵吐，似乎把那女孩的肠胃都吐掉了，当她终于吐完了，她躺平了，对他呻吟着说："水！对不起，水！"

他急忙递过一杯水来，凑到她的唇边。她接过杯子，漱了口，把杯子还给他。

"你还会觉得恶心。"他说，"还会断续想吐。"

她张大眼睛，望着他，无言地点点头。

他开始准备生理食盐水的注射。女孩望着那吊瓶和注射器，眼中闪过了一抹惊惶。

"我……我想，"她喘着气，那场翻江倒海般的折腾，已把她弄得筋疲力尽，"我没事了，我……我想……我不需要打……打针。"

"你想什么都对事情没帮助。"他说，声音里开始充满了怒气，他忽然对这场闹剧生气了。这个年纪轻轻的女孩，仅仅为了男友失约了，就拿自己的生命开了这么大的玩笑！如果她药性早半小时发作，她说不定正昏迷在她的房间里，没半个人知道！如果她药性早十分钟发作，她可能已昏倒在马路上，被街车碾成肉泥！幸好她及时走进他的诊所！幸好！"躺平！不要乱动！这生理盐水，是要洗净你身体里的余毒……喂喂！不要睡着！"他拍打她的面颊，她的眼睛又睁开了。

"我……很累。"她解释似的说，"我已经二十四小时没睡过觉了。"

"哦，为什么？"他问，用橡皮管勒住她的胳膊，找到静脉，把针头插了进去。

"为了……唉！他呀！"她轻声地说。

"什么？"他听不懂。把针头固定了，看着食盐水往她体内滴去，他这才真正松下一口气来。"好了！"他的精神放松了，"现在，让我来听听你的心脏！"

他拿了听筒，把听诊器贴在她胸前。她被那冰冷的金属冰得跳了跳，缩缩脖子，她又笑了，像个孩子般地笑了，说：

"哦，好冷。"她的心跳得强而有力、沉稳而规则。这是颗健康的、年轻的、有活力的心脏！他满意地放下听筒，收了起来。四下环顾，这诊疗室弄得可真脏乱，他就受不了脏乱！他站起身，开始收拾一切，洗胃器、吐盂、针筒……然后，又去后面拿拖把来拖地，当他把一切都弄干净了，他洗了手消了毒。然后，他折回到她身边。由于她一直很安静，他想她已经睡着了。可是，当他站在她面前时，他才发现她正静静地睁着眼睛，静静地望着他。"对不起，"她低声说，"带给你好多麻烦！"

钟当当地敲了两响，凌晨两点钟了。

他看了看她，这时，才把她看得清清楚楚。她面颊上的胭脂、唇上的口红，以及眉线眼影……都早就被擦到被单枕头上去了，如今，在残余的脂粉下，是张非常清纯而娟秀的脸，有份楚楚动人的韵味。眉毛疏密有致，眉线清晰，额头略宽，显得鼻梁有些短，但，那对晶亮的眼睛，弥补了这份缺陷，眼睛是大而清朗的，嘴唇薄薄的，牙齿洁白细小，笑起来尤其动人。唔，笑起来？是呀，她又在笑了。真奇怪！一个自杀的女孩，从走进医院，除了被他折腾得天翻地覆那段时间以外，她几乎一直在笑。

"好了！"他咳嗽一声，为什么要咳嗽呢？喉咙又没有不舒服，他只是被这女孩的笑弄得有些糊涂罢了。他拖了一张椅子，在病床前坐下。真糟，这小诊所又没病房，也无法把女孩转到病房去。这样一想，才发现一直疏忽的一件要事！

他从桌上取来了病历卡，看了女孩一眼。女孩仍然微笑着，很温柔地微笑着。

"名字呢？"他问，十足医生与病人间的问话。

"哦？"她呆了呆。

"我说，名字呢？"他加重语气。

"徐——世楚。"她轻声说，声音像吹气，似乎怕这名字被人偷听到了。

"什么？"他听不清楚，"双人徐？徐什么？"

"双人徐，世界的世，清楚的楚。"

"徐世楚。"他记了下来，这女孩有个像男人的名字，"年龄呢？"

"年龄……"她笑，犹豫着，"年龄……"

"是的！年龄！正确的年龄！"这种小女孩，已经懂得瞒年龄了？

"二十七……"她眼神飘忽，笑容在唇边顿了顿，"不。二十八了。"

不可能！他想，瞪着她。她笑得很真挚，很诚恳。只是，眼神不那么清亮了，眉端有点轻愁，几乎看不见的轻愁。他狐疑地上下打量她，忽然想到她一进门时说的话：

"不要被我的外表唬住。"

唔，不要被她的外表唬住！她看起来实在太年轻了，怎样也无法相信她有二十八岁！不过，这时代的女人，你确实很难从外表推断年龄的。他姑且记下，再问："籍贯呢？"

"湖南。"

湖南？怪不得，湘女多情呢！"住址呢？"

"住址——"她又犹豫了，张开嘴，打了个呵欠，眼神更加飘忽了，她闪动睫毛，轻语了一句，"我好累。"

"住址！"他加重语气说，"你必须告诉我住址！"

"住址，"她应着，眉头轻蹙，似乎在思索，"南京东路，不，不，是忠孝东路……"

"喂喂！不要瞎编！"

"真的。"她又打了个呵欠，"才搬的家呀！"

"好吧，忠孝东路几段几号？"

"忠孝东路五段一〇四九巷七号之一。"

"电话号码？"

"电话——"她合上眼睛，声音模糊。"我真的很累了，"她乞求地，"让我先睡一睡好吗？"

"先告诉我电话号码！"

她侧过头去，低语着："我不能告诉你电话号码。"

"为什么？"

"如果……"她倦意更重了，眼睛闭上了，"如果他知道我自杀未遂，他会跑来把我干脆杀掉！"

哦！原来和男友在同居！他怔了怔，呆呆地看着躺在眼前的女孩——不，是女人！老天，如此清丽的脸庞，如此纤秀的身段！怎么听起来好像在人生的旅途上已经跋涉很久了？已经历经风霜了？他沉思着。

钟敲了三响。他惊跳了一下，再看过去，那女孩，不，是女人，已经睡着了。他看看手里的资料，眨眨眼睛，不信任地再看看她，俯身过去，他推推她的胳膊：

"醒醒！喂喂，徐……徐小姐！你必须告诉我你的电话号码，我要通知你的家人把你接回去！喂喂，徐……"他看看病历卡，大声地喊，"徐世楚！"

她忽然整个人惊跳起来，眼睛立刻睁开了，她慌乱地四下张顾，惊慌失措地、震动地问：

"在哪儿？他在哪儿？"

"什么？"他不解地瞪着她，"谁在哪儿？这儿只有我和你！"

"可是……可是……"她挣扎着想坐起来，眼光仍然四下搜寻，"我听到……我听到有人在叫他的名字！"

他伸手按住她的身子，那生理盐水的瓶子架子摇得哐哐啷啷响。"别动！"他嚷着，"你听到什么？"

"徐——世楚呀！"她答着，声音焦灼而紧张，她的眼光有些昏乱而迷糊起来。她茫然四顾，嘴唇发青了，她用微微颤抖的声音，低喃着说："世楚，你来了？你——在哪儿呢？你——不要生气……世楚……世楚……"她发现室内没人了，她困惑地看他，一脸的迷茫、不解、慌乱，与倦怠，"他在哪儿呢？"

李慕唐忽然明白过来了。他瞪着手中的病历卡，有点啼笑皆非地问："原来，徐世楚根本不是你的名字？"

听到"徐世楚"三个字，她又整个人惊跳了一下。

"世楚——"她再度看看四周，摇摇头，她叹了口气，又像失望，又像解脱般地松懈下来，"他不在。我要睡了。"

"别睡别睡，"他阻止着她，"我记了半天的资料，徐世楚，二十八岁，住在忠孝东路……原来，这些全是你男朋友的资料？是吗？"

"是呀，是呀。"她应着，合上了眼睛。

"那么，你是谁呢？"

"我？"她语音模糊，倦意很明显地征服了她。那一百粒安眠药的残余药性在发作了，她低语，"我要睡了！"

接着，就沉沉睡去了。

李慕唐医生看着自己手里的病历卡，一种荒谬的感觉由他心底生起。他抬起头，望望窗外的雨雾，这是怎样传奇的一个晚上！他再掉头去看那女人，不，是那女孩——打死他他也不会再相信她有二十八岁！她顶多二十罢了。那女孩睡得好沉呀，怎么办呢？总得有个人看着，让生理盐水继续注射。万一瓶内的注射液光了，空气进去就糟了。他叹口气，取来一条毛毯盖住那女孩单薄的身子。盖上毛毯时，他才发现那女孩脚上穿着双白缎半高跟的鞋子，已被雨水沾得湿漉漉的。他为她脱掉鞋子，放在一边，用毛毯连她的脚一起裹住。然后，他终于坐了下来。这一坐下，才感到整天的工作，和整晚的折腾，疲倦已在他四肢百骸中扩散。他沉进了椅子深处，怔怔地凝视着面前这张熟睡的脸孔。看样子，他心里模糊地想着：我只好做你的特别护士了。但是，你叫什么名字呢？

第二章

钟敲六响的时候，李慕唐突然惊醒了。

他有一秒钟的恍惚，不知道自己怎会坐在诊所的藤椅里，接着，他立刻醒觉，扑过身子去，女孩仍好梦正酣，但是，一瓶生理盐水几乎快注射完了。真疏忽，他为自己居然"打了个盹"而生气，看样子当特别护士都没资格！他站起身子，给女孩换上一瓶新的生理盐水。

女孩被瓶子的叮当声弄醒了。她极不舒服地在诊疗床上蠕动着，毯子滑下来，她那半裸的肩，在冬季的凌晨，看来是不胜寒瑟的。"唔。"她哼着，扬起睫毛，不安地四顾。

他看看注射瓶，经验告诉他，她需要去洗手间了。

"洗手间在后面，"他说，"我帮你拿着瓶子，你自己走过去吧！"

她飞快地看了他一眼，慢吞吞地从床上坐了起来，一瞬间，她似乎有些晕眩，他慌忙扶住她，她低头找自己的鞋子。他为她另外拿来一双拖鞋。她低着头，穿上拖鞋，他拎着生理盐水，扶着她向洗手间走去。走了一半，她停下了，回头看他，脸颊蓦地绯红了，眼里有窘迫的表情。"你——没有护士吗？"她问。

　　"对不起，我这儿是小诊所，从不留病人过夜，通常遇到严重的病人，我会转到大医院里去。我的护士，到晚上十一点就下班了。今晚这种事，我还是破天荒第一次遭遇到。所以，请将就一点吧！"

　　"我不是不将就。"她又笑了，窘迫地笑着，羞涩地笑着，一个爱笑的女孩！"我是不好意思。"她直说，"你让我自己拿着瓶子进去吧！"

　　"你行吗？"他怀疑地问。不知怎的，竟感染了她的尴尬，"要小心那针头，不能滑出来。"

　　"我知道。"她局促地笑着，用没注射的右手，握住瓶子，用那只插着针头的左手提着裙子——老天，她还穿着那件像新娘礼服似的白纱长裙！她就这样又是管子又是针头又是瓶子，叮叮当当、拖拖拉拉、摇摇摆摆地进了洗手间。

　　他实在有点提心吊胆，不禁侧着头，倾听着洗手间里的动静，瓶儿仍然响叮当，半晌，大约是完事了，水龙头开了，她居然还要洗手呢！他就不能想象，她一手拿着瓶子，怎么洗手，正如同他不能想象，她一手拿着瓶子，怎能办其他的事一样。他还没想清楚，洗手间里已传来一阵"哐哐啷啷"的响声，接着就是玻璃的破碎声。

他冲进了洗手间。她正站在镜子前面，一手扶着镜子，那生理盐水瓶子大约是撞上了洗手槽，碎了一地的玻璃片，她呆站着，像个闯了祸的孩子。"我……我……"她嗫嚅着。

他飞快地走过去，先拔下她手腕上的针头，连管子带破瓶子扔进字纸篓。她如释重负地甩了甩手，说：

"我只是想洗洗脸，"她再看镜子，立刻一脸惶恐和惊吓，"老天，我怎么这么丑？我的头发……啊呀！你瞧我做了些什么！我把头发都剪了！啊呀！你看我多丑啊！"她慌忙用双手接了水，扑到脸上去，用力想洗去脸上的残脂剩粉。"我……简直像个母夜叉！"嗯，母夜叉！最美丽的母夜叉。穿着轻纱薄雾，踏着细雨微风，半夜来敲门的母夜叉！他吸口气，心里又涌上那股啼笑皆非的感觉。女人，你到底是种怎样的动物？你会在几小时前，连生命都放弃，在几小时后，却在乎起自己的美丽来！

"喂！小姐！"他忍不住开了口，"你能不能走出来，让我把里面收拾一下？假若你再被碎玻璃割到，我又要充当外科医生，为你缝伤口了。"

"哦哦。"她的脸颊又红了。

爱红脸的女孩！洗干净了的脸庞显得清爽整洁，容光焕发，看来，她是没什么"病"了。"真糟糕！"她看着满地碎玻璃，"我来清理吧，你告诉我，你的扫把和畚箕在哪儿？"

"小姐，拜托你出来好不好？小浴室容纳不下我们两个人，何况你的长裙子，拖来拖去也真不方便，你如果真想帮忙，就回到你的床上去躺一躺！"

"我真的可以收拾。"她蹲下身子，去捡玻璃片。

他也蹲下身子，一把握住她的手腕，用命令的语气说：

"出去！我从不允许病人来帮我收拾洗手间！"

她抬眼看了他一会儿，站起身子，她默默地走出去了。

他开始清扫那些玻璃碎片，这才发现，碎片范围极广，几乎水槽上、窗台上、浴池里、地上……全都是。他用扫把扫了一遍，觉得仍有碎片没除干净，看看天色，窗外，曙色已染白窗子。如果不弄干净，那些来看病的孩子非受伤不可。他在弯腰捡拾着窗台上的玻璃碴，忽然，那女孩的声音在门口响了起来："你出来！我来弄！"他一抬头，愣住了。女孩已换掉了她那件"礼服"，现在，她穿着件护士的白衣，大概是她从壁橱里找出来的，脚上，也穿了白袜，大概找不到合脚的鞋子，她只好穿着她自己的白缎鞋。就这样，一身干干净净清清爽爽，她像个不折不扣的护士。

他站起身，退出浴室。

女孩走了进去，很熟练地拿起一块肥皂，她用肥皂擦过窗台、水槽、浴池、地砖……那些碎玻璃就全沾到肥皂上去了。原来有这样简便的方法，怎么自己都没想到？他看着她弄，女孩抬眼看看他。"我家住在高雄，"她开了口，"我十五岁就到台北来读高中，住学生宿舍，什么事都要学着自己做。"

"很巧，"他说，"我家住在台中，我十八岁来台北读大学，也住学生宿舍。"

她看了他一眼，那眼光非常非常温柔。

"从学生宿舍到挂牌当医生，你一定付出了相当大的代价，当别的男孩女孩在享受青春的时候，你大约正埋头在你的解剖室里，面对的是冰冷的、肢解的躯体。唔，你度过了一段十分艰苦的岁月。"

他心中立刻涌上一股强大的酸楚的感觉，从没有人对他讲过这些话！从没有！是的，那些挣扎的日子，那些彷徨的日子！那些埋头在解剖室、研究室，和尸体、病菌作战的日子！从没有人体会过他那时心中的痛苦。放弃吧！放弃吧！这三个字曾在内心深处多么强烈地回响过。

"当医生，"女孩继续说，"需要太大的毅力，我真不知道一个医生是如何诞生的。病人，又往往是世界上最不可爱的一种人，他们残弱、苍白、愁眉苦脸、呻吟、诉苦。许多病人，会病得连自尊都没有。哦！"她停住了收拾，把肥皂丢进垃圾桶，洗着手，"一个人如果连自尊都失去了，就会变得很可悲了。"她转过身子，抬眼看他。眼神真挚而正经，在这一瞬间，她不再是个小女孩，她表现得如此成熟、解人、智慧……

李慕唐呆住了，这个女孩，唉唉，这个女人——就是昨晚走进来，倒在他臂弯里的那个小女孩吗？她怎会懂得这些事？怎能体会到这些事？

"你——到底多少岁？"他忽然想起来，困惑地问。

"二十四岁，前年大学毕业。"

"二十四岁？"他盯着她，不相信地。

"怎么？"她摸摸自己的面颊，"我看起来很老吗？"

"不太老，"他沉吟地说，"大概三十二岁。"

"哦！"她受了一个明显的打击，"不能把我说得那么老。"她惊慌地抬眼："真的吗？"

"三十二岁的头脑智慧，十三岁的幼稚行为！至于你的脸和身材，应该刚满十九岁。"

她歪歪头，忽然大笑起来。

"你是个很有趣的医生！"她大笑着说，脸上又恢复了明朗与活泼，"不过，我们可不可以换一个地方聊天，和一位男士在洗手间里聊天，这是我生平第一次。我觉得，实在不怎么浪漫，而我这个人，偏偏是最追求浪漫的女人！"

"哦！"一句话提醒了他，"你该回到诊疗室，继续注射生理盐水！"

他领先往诊疗室走去，她跟了进来。

他拿起一瓶新的生理食盐水，准备着注射器。

"哦，不，不。"她慌忙说，"我对我自己的身体非常了解，我现在已经体壮如牛，那一百粒药完全被你清除了。我好了，不需要再注射了！"

"你需要。"他说，"起码再注射两瓶，才能保证你身体里没有毒素，你总不希望留下一点后遗症吧！"

"后遗症？"她有些犹豫。

"是的。"他坚定地说，推了一张椅子到她面前，"如果你不想躺着注射，你可以坐下来。"

他不由分说地按住她的双肩，把她按进了椅子里。一面拿起消毒药棉和针筒。

"我想……我想……"她还在犹豫，"我真的没事了，我头也不晕，眼也不花，精神也不坏……"

他理都没理她，针头已插入了她的静脉。用橡皮膏固定好了针筒，把吊架推到她的面前，看着那生理盐水顺利地滴下去，他把她的手腕轻轻放在椅子的扶手上："你可以试着再睡一睡……"

他的话还没说完，钟敲了七响。

她又整个人惊跳起来，慌张地问："几点了？"

"早上七点。"他叹口气，天色早已大亮，这一夜，就这样折腾过去了。他走到墙边，关掉了电灯开关。

"噢噢，"她叫了起来，"糟糕！糟糕！"

"怎么？怎么？"他急切地问，不知她什么地方不舒服，还是针头滑了。

"我的遗书！"她大叫，"我的遗书还在我的书桌上！老天！"她用那只自由的手猛敲自己的额头，"那遗书绝不能给世楚看到！哎呀，糟糕，糟糕……"

她把脑袋敲得"砰砰砰"地响，使他十分担心，她会把自己敲成脑震荡。感染了她的焦急，他急急地问："有办法拿回来吗？你不是有个同居的女友吗？"

"是啊！"她恍然大悟地喊，"电话！我借用一下，你的电话！"

他慌忙把电话机从桌上拿过来，"告诉我号码，我帮你拨吧！"

她很快地说出了电话号码。他立刻拨了号，把听筒交给她。显然，对方在铃一响时就接了电话。他只看到她满面惊慌，说了一句："阿紫，是我……"对方大概大吼了一句什么，使她皱着眉把听筒离开耳朵三尺远，她瞪着那听筒，足足有半分钟，才又把听筒按回耳际。她脸上的表情变得又沉重，又沮丧，她低低地说了句：

"我就在对面那家李慕唐诊所里。"

把听筒挂上，她抬眼看他，一脸绝望的表情。

"完了。"她说。

"怎么？"

"他已经知道了。"

"他？"

"世楚呀！"她不耐地说。仰起头，把头靠在椅背上，闭上了眼睛，"阿紫昨晚就发现了我的遗书。又找不到我，一急就打电话给世楚。所以，世楚早就赶到我家，正在那儿发疯呢！瞧吧！他马上就会疯到你这儿来了。唉！完了。"

他情不自禁地拍拍她的手。

"保证你不是世界末日。"他说。

"保证你就是世界末日。"她说，忽然，眼泪就从眼角滚落了下来，这是她走进医院以来，第一次掉眼泪。

他发现，她不只在掉眼泪，她的身子还发着抖。

"别怕，别怕，"他胡乱地说，"你已经没事了，对不对？你已经好了，对不对？"

"我不好不好，"她拼命摇头，"不好极了。"

"怎么？"他不解地，"头晕吗？"

"我要吐了。"她说。

"你不会吐。"他接口，"洗胃的效果早就过去了。你不可能要吐，你只是心理紧张而已。放松一点，天下没什么大不了的事……"他的话没说完，因为，候诊室的大门"哐啷"一响，有个人像阵风般地卷了进来，在这个人身后，还有个女孩子紧追着，大喊着："世楚，等我呀！等我呀！"

李慕唐冲到候诊室与诊疗室相隔的门口，拦门站着，大声地说："是谁？不要大呼小叫。"

一个高大的男人紧急"刹住了车"，才没有撞到李慕唐的身上。李慕唐定睛看去。哇，那么高而结实的身材，那么英俊得出奇的面孔，这男孩子八成是电影演员！他有一头黑而密的浓发，深黑乌亮的眼睛，像混血儿般挺直的鼻梁，和一张颇为"性感"的嘴。这种长相，真会让其他的男人有自卑感，怪不得那女孩为他寻死觅活。

"冰儿呢？"那男人，不，他有名字——双人徐——徐世楚问，声音急切而恼怒，"冰儿呢？"

原来！她的名字叫冰儿！好奇怪的名字！

"她正在休息……"李慕唐的话没说完，徐世楚手一伸，就把这位医生给推到一旁，他旁若无人地冲进去了。

"冰儿！"他大叫。冰儿抬起满是泪痕的脸来。

"冰儿！"徐世楚扑了过去，像只猛兽似的，攫住了她胸前的衣服，把她像老鹰抓小鸡般整个人提了起来，他涨红了脸，喘吁吁、恶狠狠地再喊了一声，"冰儿！你该死！你为什么不干脆死掉？你存心谋杀我？你混蛋！你是疯子！你莫名其妙！你……"他把她重重地扔回到椅子里，那生理盐水的瓶子架子全倒了，"乒零乓啷"又是一地的碎玻璃。李慕唐赶了过去，大喊着："住手！住手！这儿是医院！"

徐世楚三下两下，就扯掉了冰儿手上的注射器。他伸手出去，捏住了冰儿的下巴，强迫她抬起头来面对他。他的眼睛里布满了红丝，眼神既凶恶又凌厉，举起另外一只手，他忽然挥手就给了冰儿一耳光。这一耳光打得货真价实，冰儿的头侧了过去，整个人都几乎翻到地上去。

李慕唐快气疯了，他试图要拉住徐世楚。

"你这人怎么了？有话可以好好说……"

徐世楚把他一把推开，仿佛医院里根本没有他这位医生的存在。他又抓住了冰儿，用手死命拉扯冰儿那满头短发：

"你看你做了什么事？你看你做了什么事？"他重复地叫着，声音几乎是"凄厉"的，"你把你那么漂亮的头发剪掉了！你真该死！你还吞了安眠药！你真狠！你真狠！你真狠！你要死就死吧，我们一起死！反正你存心不让我活的！"他跳起来，满屋子乱找，终于找到桌上的剪刀，他抓起剪刀，把它塞进她手中，"来，杀我呀！刺我的心脏呀！反正你已经让我鲜血淋漓了！反正你已经快把我杀死了！刺我呀！刺我呀！刺我呀！刺我呀！……"他狂叫着。

冰儿泪流满面，剪刀从她手里掉到地上。她挣扎着，用双手去捧住他的脸，她呜咽着喊：

"原谅我！世楚，原谅我！我再也不敢了！再也不敢了！永远不敢了！"他似乎"发作"完了，一下子就跪了下去，把头埋进她的白裙子里，用双手紧紧攥住她的衣角，他哽咽着喊：

"你要我怎样？冰儿？你要我怎样？为什么这样折磨我？为什么？"她哭着，眼泪一串一串地滴落，但是，她却用力把他的头扳了起来，他被动地抬起头来了，满脸都是狼狈的热情，他们对望着，痴痴地、旁若无人地对望着，然后，那徐世楚，那不知是人还是神的家伙发出一声悲切的低鸣：

"冰儿！你瘦了！"

见鬼！李慕唐想。一个晚上会让人瘦吗？根本不可能！何况又一直在注射生理盐水。

"哦！世楚！"冰儿又是泪又是笑，"你不生气了？你原谅我了？"

"不会原谅的！"他又咬牙切齿起来，"永远不会原谅你这种行为！"

"我说过，"她怯生生地接口，"我再也不敢了！"

他仔细看她。她也仔细看他。然后，猝然间，他们就紧紧地拥抱在一起了。

李慕唐看傻了，简直像演戏！他呆了片刻，才发现那一地的碎玻璃亟待处理，他转身想往后面走，去拿扫把。才一转身，他就差一点撞到一个陌生女子的身上——那女人，纤腰，长腿，穿件白衬衫牛仔裤，简单的衣服下裹着个美妙之至的身体。一张笑吟吟的脸，眼角微微往上翘，鼻头微微往上翘，嘴角也微微往上翘，笑得好甜呢！

"对不起，李医生，我是汪紫筠，大家都叫我阿紫。你看过《天龙八部》没有？《天龙八部》是金庸的一部武侠小说。里面有个坏女孩，名叫阿紫。我不是《天龙八部》里的阿紫。我很好，是好阿紫。你叫我阿紫就可以了。"她叽叽呱呱地说着，看了看冰儿和徐世楚，又继续说，"你不要太介意他们两个，这种火爆场面，有笑有泪，有爱有恨，是经常发生的。人跟人都不一样，有些人活得平平淡淡，有些人硬是活得轰轰烈烈。他们两个，是不甘于平淡的，即使是很平淡的事儿，到了他们两个身上，也变成轰轰烈烈的了。这是另一种人生，对不对？"

他又听傻了。这个什么阿紫，和那个什么冰儿，以至于那个徐世楚，他们真有另一种人生呢！他活了三十来岁，没碰到过这么出色的人物，几乎每人都有一套，套套令他刮目相看！他张口结舌，半晌，才说了句：

"我去拿扫把！"

"哦，我来我来！"阿紫笑容可掬，"扫把不行，要用肥皂，去除玻璃碎片，我是拿手！你不用带路，我找得着洗手间！"

他站在那儿，一时间，真有些儿晕头晕脑，这一夜，把他的生活世界，完全搅乱了。

钟敲了八响。他惊怔地看看钟，怎么，已经八点了？日班护士魏兰和田素敏就要来上班了。护士？他又想起了朱珠，平平淡淡的朱珠、平平淡淡的女孩、平平淡淡的人生……他不由自主地跌坐在沙发里，对着窗外那无边无际的细雨，默默地发起呆来。

第三章

事后，李慕唐常想，他对平淡生活的厌倦，就是从那个晚上开始的。每天早上八时，病人、咳嗽、听筒、血压计、注射、开药、听病人诉苦……一直到晚上十一时关门为止，生活就像轮子般旋转过去，轮子上每个花纹都是固定的，转来转去都看到同样的纹路。重复。就是这两个字，生活是重复的，每天重演一些昨天的事情，而你却必须以今天的我去面对，这是多么烦腻的生活！朱珠说："李医生有心事。"是吗？他凝视朱珠，圆圆的小脸蛋，淡淡的眉毛，齐耳的短发，永远整洁的护士衣。白，护士衣就是护士衣，永远的白，永远的重复，永远的单调。

"有心事，怎会？"他泛泛地应着。

"那么，是情绪低潮。"朱珠一边抄写病历卡，一边看他，"周末，你要回台中吗？"周末和星期天，诊所休诊。照例，他都会开车回台中，去探视一直住在台中的父母和弟妹。父亲在台中政府工作，妹妹慕华嫁了台中的一位教员方之昆，弟弟慕尧在中大当讲师。除了慕唐，一家都在公教机关，每次回去，听的也总是那些谈话。母亲最关心的，是他怎么还不结婚。一样的话题，永远的重复。"唔，"他应着，"不一定。"

不一定？为什么不一定呢？因为他不想回台中去面对"重复"。那么，台北的日子又将怎样？他抬头下意识地看看楼上，自己的住所就在楼上的公寓里，他租了这栋公寓的三楼和一楼，一楼是诊所，三楼是住家。一个单身汉的住家，屋子里最多的是书籍和孤独。

"有个很好的提议，"朱珠说，"跟我去竹南吧！"

"竹南？"他顿了顿，"你家在竹南吗？"

"是呀！你不是早就知道的吗？"

"哦，我想起来了。"

"不，你没想起来，你根本心不在焉。"

他瞪了朱珠一眼，朱珠毫不退缩地回视他。现代的女孩子，都是这么坦率而直接的吗？

"我家在竹南，"朱珠说，"典型的农家，没什么好看的。可是，非常乡土，非常美。我家有个大鱼塘，很大很大，里面的鱼，大的一条有一二十斤。坐在鱼塘边钓鱼，是一大乐事。"

他看看窗外的雨雾，"这么冷的天，淋着小雨钓鱼是乐事吗？不感冒才怪。"

"你有点诗意好不好？"朱珠瞪了他一眼，"当医生当久了，人就变成机械了。不过，也没人要你淋着雨钓鱼，气象预报说，星期六要放晴，是郊游旅行的好天气。"

"嗯。"他想着，鱼塘、阳光、乡土、钓鱼……听起来实在不错，最起码不那么"重复"。

"好呀！"他认真地说，"可考虑！"

"如果你考虑，"朱珠说，"我就要去准备一下！"

"准备什么？"他狐疑地看了她一眼。

"钓鱼竿呀！"朱珠走过来，仔细看了看他，"算了算了，提议取消！"

"怎么了？"他莫名其妙地。

"你像木叶蝶一样，有层保护色。看到你的保护色出现，就会让人生气。算了，李医生，我家的鱼塘已经存在了几十年，你随时都可以去。不要因为我邀了你，你就紧张起来，我并不是在——"她笑了，面颊上有个小酒窝。她对他淘气地眨眨眼，低语，"追你！"

"不是才怪呢！"黄雅一在一边接嘴，"你家鱼塘存在了几十年，怎么不邀我去呢？干脆把魏兰和田素敏也约去，我们钓不着鱼，还可凑一桌！"

"好呀！"朱珠洒脱地笑笑，"说去就去！李医生，你带队，咱们来一个李慕唐诊所郊游队。我让我妈把仓库整理出来，大家睡稻草！"

"听起来实在不错！"黄雅一真的来劲了，"朱珠，你真要我们去，还是说说而已？"

"当然真的！"

"李医生，你呢？"黄雅一问。

"如果大家都要去，我奉陪。"

"我马上打电话问小田和小魏，"雅一盯了李慕唐一眼，"不过，如果大家都兴致勃勃地要去，你李大医师临时又不去了，那就扫兴了，你真想去吗？"

"他并不真正想去，"朱珠笑嘻嘻地，"他被我们弄得'盛情难却'，只好'勉为其难'了！哈哈！"

"哈哈！"李慕唐也笑了，注视朱珠，实在是个聪明的女孩子，实在是个解人的女孩子！到池塘边钓鱼去，唔，一定是个好计划！他眼前，已勾画出一幅落日余晖、梯田水塘的图画来了。就在那幅图画十分鲜明而诱人的时候，一声门响，又有病人上门了。李慕唐下意识地看看钟，十一点过十分，已经下班了，如果不是讨论钓鱼计划，朱珠和雅一都该走了。这么晚上门的病人，一定很麻烦的。他坐在诊疗室里，半皱着眉，朱珠已在挂号处登记病历了，她的声音从挂号处传来：

"哦，你姓樊，樊梨花的樊？你以前来过？"朱珠在翻病历卡，"什么？你名叫樊如冰，你要找李医生？是的……李医生在。可是，我找不到你的病历卡，你记得是几月几号来过的吗？星期一？就是上星期一？什么？你不是来看病？你没病？你是来看李医生？哦……哦……"

李慕唐坐直了身子，不由自主地侧耳倾听。朱珠已砰的一声推开诊疗室的门，大声说：

"李医生！有客！一位樊小姐找你！"

樊小姐？他怔着，不记得什么樊小姐。

站起身来，他走出了诊疗室，一跨进客厅，他立刻眼前一亮，那女孩！那曾经握着一束"雨丝"半夜来访的女孩，现在正亭亭玉立地站在客厅内。今晚，她没有穿晚礼服了，她穿了件宝蓝色的衬衫，同色的长裤，鲜丽得像块蓝宝石。头发仍然湿得发亮，她又淋了雨！显然，她是不喜欢用伞的！这次，她大概没吞安眠药，她看来神清气爽，而且带着种"帅气"。高扬的眉和闪亮的眼睛，处处都绽放着春天的气息。她就这样站在大厅中，已经让李慕唐觉得候诊室太寒酸了、太狭窄了。"嗨！"他打着招呼，不知怎么称呼她。

"你没忘记我吧？"她笑着，"我是冰儿。"

"冰儿。"他咀嚼着这两个字。忘记了吗？怎么可能。他从上到下地看她，"你看来很好！"

"应该谢谢你！"她笑得更深，眼珠更亮了，"只是，颇有一些后遗症。"

"哦？"他有点紧张，回忆着那晚的一切，"我早说过，你应该把那瓶生理盐水注射完。怎样？会常常头晕吗？还是……"

"不，不。"她笑着，"后遗症与生理盐水没太大关系。后遗症之一，是每次我经过你诊所门口，都想进来和你聊聊天。后遗症之二，是从我卧室的窗子，正好看到你门外的招牌：李慕唐，我看呀看的，就觉得这名字和我好亲切，因为我们是一块和死神作战的。唔，我忘了，"她顿了顿，"你大概直到现在，还不知道我就住在你对面白云大楼的四楼吧！"

"我猜到是对面，不知道几楼。"

"四楼，"她再说，"你记好，四楼四号之三，正对你的诊所。后遗症之三……"

"噢，"他忍不住笑，"还有后遗症之三吗？"

"是呀！后遗症多着呢！"

"说吧！"他好奇地、有兴趣地盯着她。

"后遗症之三，是心里经常怪怪的，有点惭愧，有点害羞，有点尴尬……反正说不出来的一种滋味。后遗症之四，是我们中国某个老祖宗闯的祸，使我的良心久久不安……"

"中国的老祖宗？"

"是呀！不知道是哪个老祖宗说：'施人慎勿念，受施慎勿忘！'所以，我就总觉得对你有亏欠呀！"

"哦，"他笑着，"你实在不必感觉对我有亏欠……"

"不必归不必，事实归事实。"她用手习惯性地去撩头发，一撩撩了个空，她呆了呆，笑容顿失，问，"我头发剪掉了，变得好丑好丑了，是不是？"

"说实话！"他认真地说："我从没看过你长头发的样子，我觉得你的短头发很好看，很有精神，显得你容光焕发、年轻而活泼。"

她立刻就笑了。"你实在是个很有趣的医生。"她说，甩了甩头，"好吧！别管我的头发了！我今晚来这儿，告诉你我害了这么多后遗症，主要是请你继续医治的。"

"哦，"他愣了愣，"怎么治呢？"

"我和世楚、阿紫一起研究过，我们决定星期六晚上，请你来我们家吃火锅。世楚说，人生最大乐事，就是二三知己，在冬天的晚上，围炉吃火锅。怎样，肯来吗？星期六你的诊所休息，我们都知道。晚上七点钟，希望你准时到，等你来了以后，我们再研究我的后遗症。"

"星期六吗？"他问。朱珠在挂号处猛咳嗽了两声。

雅一又跟着咳嗽了两声。

"是啊！星期六。我和阿紫平常都要上班，世楚也只有周末和星期天有空。反正，就这么决定了，星期六七点钟，如果你忘了，我到时候会再来提醒你！好了！不耽误你时间，拜拜！"她挥挥手，翩然地一转身，推开玻璃门，放进一屋子的冷风，然后，她就走入那张由雨雾和夜色交织的大网里面去了。李慕唐兀自站着，直到朱珠拿了手提包下班，她经过他身边，把手提包甩向肩后，那长带子的手提包在他身上撞了一下，他惊醒过来。朱珠对他抛下了一个微笑：

"再见，李慕唐诊所郊游队！"

她推开大门，也消失在雨雾里了。雅一第二个从他身边擦过，回头对他挑了挑眉毛。

"没关系，"她安慰似的说，"朱珠家里那口鱼池，在那儿已经搁了几十年，你什么时候都可以去。至于病人害了后遗症，这是非常非常麻烦的事儿，你不把她治好，说不定会闹出人命官司！你还是治病要紧！别管那口鱼池吧！"

说完，她一推门，也走了。

糟！他想。她们都误会到什么地方去了？碰上女人，你就一点办法都没有。到明天，小田、小魏都会知道了！大家一定盛传他有艳遇了。他这个医生，和护士间本就没上没下，大家都像一家人，这一下，够他受了！

至于那位冰儿小姐，她最大的后遗症，应该还是她那位徐世楚吧！他懒懒地在沙发上坐了下来，懒懒地看着窗外的雨雾，这才觉得，真正害了后遗症的，恐怕是他这个医生本人呢！

第四章

天气预报错了，星期六仍然在下雨。

晚上六点半，冰儿推门走了进来。

"我怕你忘记今晚的约会，所以来接你了。"

他看冰儿，真想吹声口哨，她很细心地装扮过，一身桃红和白色的搭配，桃红上衣、桃红长裤，腰上系着条白皮带，披了件纯白色狐皮外套。漂亮！他心想，懂得装饰自己的漂亮女孩！他对中国文字中"漂亮"两字，又有了一层新的注解："漂，净也。亮，醒目也。"李氏慕唐《辞海》上如是说。想着想着，他就不由自主地笑起来。

"你这一点很像我。"冰儿说，"常常一个人自己发笑。"

才怪！他想，一个人发笑是"冰儿后遗症"，从那个"冰儿夜访"后才开始的。他跟着冰儿走进了"白云大厦"，上了四楼，置身在冰儿和阿紫那间客厅里了。一走进客厅，他就整个人都呆住了。

从没看过这么大胆的室内设计，整间房间都是桃红色的：桃红色的墙，桃红色的地毯，桃红色的桌子，桃红色的沙发，桃红色的窗帘，桃红色的冰儿。他抬头看看天花板，哈，总算天花板是白色的了！"请坐请坐！"阿紫迎了过来，一把拉住他的手，把他拖到沙发边，按进了沙发里。他抬头看阿紫，哈！桃红色的阿紫！和冰儿不同的，她是用白配桃红，白上衣，桃红裙子，桃红色外套。他用手拂了拂眼睛，这种艳丽，给人很不真实的感觉，他认为自己走进一间"幻想屋"里面来了。

"是这样的，"阿紫说，"有一天我们租了一卷录影带回家看，那是一部日本片子，电影中有个疯女孩，她把自己的家完全漆成粉红色，连她的脚踏车、被单、毛衣，甚至她家的猫，都漆成了粉红色。冰儿看了，大为高兴。第二天冰儿休假，我去上班，回到家里，发现她和世楚两个人合作，把家已经弄成了这副德行。李医生，"她递给他一杯茶，"你别以为，住在这屋子里的都是疯子，只有她是，我可不是。"

冰儿笑容可掬："李医生，你知道我们在哪儿工作吗？"

李慕唐摇摇头。

"我们在电脑公司打卡。"冰儿说，"一天八小时，我们就在打卡，世界上没有比这种工作更枯燥的工作，如果我们面对的是很枯燥的工作。我们就必须有一点不枯燥的人生。'幻想'和'奇想'都是很可爱的东西，它会使我们的生活不那么乏味。只是，一般人不会把'奇想'付诸实行，因为那太'疯狂'了。其实，人，如果肯偶尔'疯狂'一下，才不会真'疯狂'呢！"听来确实有理。李慕唐深呼吸了一下，空气里有肉香。他四面看看，没见到另一个疯子徐世楚。"你在找世楚吗？"冰儿看看手表，"他说七点钟准时到，还差十分钟。他在电视公司做事，编剧、副导、摄影助理……他都干。最近，老总看中了他，要他去当演员。我不许，所以他仍然在玩 ENG 机器。你知道演员是什么吗？世界上最可怜的一种行业，因为他永远在饰演别人，而不能当自己。所以，我警告他，如果他去当演员，我就和他一刀两断！"

李慕唐点点头。怎的？这女孩说的句句话，都很有哲理，颇耐人寻味。阿紫拉开了一扇桃红色的屏风，李慕唐才觉得眼前豁亮了，原来，屏风后面是餐厅，一张简单的方桌，四张椅子，四壁的墙都是白色，地上也是桧木地板，墙上，挂了幅烟雨苍茫的风景画，此外，什么装饰品都没有。这单纯的白色餐厅，和那艳丽的桃红客厅相对比，才觉得彼此都搭配得恰到好处！谁说客厅的"桃红"是一种疯狂的举动，这根本是奇妙的"设计"呢！

"别以为这是设计，"阿紫笑吟吟地说，"这餐厅是被我抢救下来的！如果不是我及时回家，他们大概把电锅碗筷都漆成桃红色了。"

冰儿大笑。"你相信吗？"冰儿问，"阿紫最会夸张！其实，我当然也有我的分寸。"她走到窗前去，拉开窗帘，看看窗外的雨雾，"这灰蒙蒙的天空，如果能漆成桃红色才好。"她低头看手表："七点正了。"李慕唐侧耳听听，没有门铃声。

阿紫从厨房里拎出一个热腾腾的紫铜火锅，原来肉香就从这儿飘散出来的。李慕唐慌忙跑过去帮忙，把紫铜火锅放在桌上，他问："还有什么要帮忙的吗？"

"有呵！"阿紫毫不客气，"摆碗筷好吗？碗筷在厨房的烘碗机里。"

他找到了碗筷，摆了四副。阿紫拿出几盘切得薄薄的肉，又忙着把生菜、鱼饺、牛肚、粉丝等一一搬到餐桌上。火锅的火烧得很旺，锅里的汤咕噜咕噜响，李慕唐肚子里也咕噜咕噜响，中午吃的是朱珠帮他买的便当，淡而无味，现在才知道饿了。冰儿站在窗前，动也不动。

"我忘了问你，是不是牛羊肉都吃？"阿紫问。

"都吃。"

"好极了，我准备了牛肉，也准备了羊肉，还有猪肉！这汤是用牛骨头炖的，香不香？"

"香极了。"

"再稍等片刻，就开饭了。"阿紫抬头看看冰儿，"冰儿！你不过来帮帮忙吗？"

冰儿注视着窗外，充耳不闻。

"我们还是先到客厅去坐吧，"阿紫看看表，"七点一刻了，那疯子再晚来五分钟就惨了！"

李慕唐咽了一下口水。他们折回到客厅里坐下。他端起茶，啜了一口，茶已经快凉了。

七点二十分。室内忽然变得很安静。叽叽呱呱的阿紫和冰儿都沉默了，空气里弥漫着肉香，还弥漫着一种无形的紧张。李慕唐拼命喝着茶，不知道自己该不该找一些话题来说。

七点二十五分。七点半。冰儿忽然从窗前掉转身子来：

"李医生，你饿了吗？"她问。

"不，不。"李慕唐慌忙说。

"你饿了。"冰儿肯定地点点头，正色说，"在我们家，你实在不需要虚伪。"

"好，我承认我饿了。"李慕唐盯着她，"但是，我并不在乎再等个十分二十分钟。"

"你不在乎，我在乎。"她说，"我们吃饭吧，不等了！"

就在这时，门铃响了。阿紫立刻冲过去把门打开，徐世楚那高大的身子出现了。他大踏步地跨进门来，手里高举着一束桃红色的玫瑰花，他把玫瑰直送到冰儿眼前去，笑嘻嘻地说："可把我跑惨了！你知道，全台北市都没有桃红色的玫瑰。黄色、白色、红色、粉红……什么颜色都有，独独缺少桃红色！不行呀！我必须买到你最爱的颜色，你知道我在街上转了多久吗？一个半小时！"

冰儿瞅着他，一朵笑容漾上她的嘴角。她伸手接过玫瑰，好温柔好温柔地说："世楚，你真不应该这样宠我，你会把我宠得不知天高地厚。"

徐世楚伸手揉着她的短发，搂着她的肩，怜惜地说："宠你，就是我的生活。"

哇！李慕唐心里暗诵着这个句子：宠你，就是我的生活。这种句子必须记下来，将来万一自己改行写小说，一定用得着。冰儿拉着徐世楚的手，双双走进屋子里来了。

"快点来吃火锅，"冰儿说，"瞧，你的手冻得冰冰冷，我先弄碗热汤给你喝喝。"

"嗯，哼，"阿紫重重地咳了一声，"冰儿，我们家还有客人呢！"

"没关系呀！"冰儿抬起眼睛，对李慕唐嫣然一笑，"李医生，你自己烫肉吃，火锅就要自己弄着吃，反正，到了我家，就不是客，对吗？"

"噢，李医生。"徐世楚总算看到李慕唐了，他伸出手来，和李慕唐热情地握了握，"谢谢你那天救了冰儿的命，她常常做这种吓人的举动，我已经狠狠地教训过她了。下次，她再做这种事，我就先掐死她！"

"好了！"阿紫说，"过去的事不要提，大家快来吃饭，都饿了！"

冰儿已经盛了一大碗热汤，低着头，在那儿不知道弄什么。李慕唐定睛看去，才惊愕地发现，冰儿正把那束"桃红色的玫瑰"一瓣一瓣的花瓣扯下来，丢进那碗热汤里。她连扯了三四朵花，最后，连花心也用手搓了搓，像撒胡椒粉似的撒进汤里。她就端着这碗汤，笑吟吟地走到徐世楚面前，说：

"我给你弄了一碗'花言巧语'汤，里面还撒了一些'谎话连篇'粉，你就趁热给我喝了吧！"

徐世楚勃然变色，他瞪大了眼睛，怒冲冲地说：

"你认为我在骗你吗？"

冰儿仍然巧笑嫣然，她摇摇头。

"我没有'认为'你在骗我。"她说，"我'知道'你在骗我。这种玫瑰花，巷口的花店里卖一百元一打，我今天早上才看到。"她把他一推，他站不住，又要躲那碗热汤，就一屁股坐进了沙发里。冰儿蹲下身子，殷勤地把那碗汤送到他的唇边去，更加温柔地说："来，你那么宠我，我不能不回报，把这碗汤喝了吧！"

阿紫忍无可忍，一个箭步走上前去，大声说："冰儿、徐世楚，你们两个可不可以不要再闹了？你们不饿，我们可饿了！"

"我说过，火锅就要自己弄着吃！你们尽管去吃你们的。"冰儿头也不回地说，眼光死死地盯着徐世楚。"世楚，"她又说，"你不想喝吗？你瞧，这是我亲手为你做的汤呢！还有我最爱的颜色！"

"冰儿！"徐世楚的眼睛开始冒火，"让我告诉你，我今天为什么迟到！"他大声说，"理由非常简单，整个忠孝东路都在塞车，我被卡在车队里整整一小时，我知道，如果告诉你你也不会相信……"

"对！"冰儿安安静静地打断他，"这根本不是理由！如果你真在乎和我的约会，你可以早两小时动身。"

"你简直不可理喻！"徐世楚大叫。

"对！"冰儿依旧安安静静地，"因为你仍然在撒谎！你明知道，我最讨厌撒谎！"

"是事实！"徐世楚大叫。

"是撒谎。"冰儿冷静地说。

"是事实！"

"是撒谎！"

"是事实！"

"是撒谎！"

看样子，情况是僵住了。阿紫拉了拉李慕唐的衣袖。

"别理他们了。"阿紫说，"李医生，我们去吃吧，他们这一吵，不知道要吵到什么时候去呢！"

李慕唐站着，他无法走开，这种惊人的"场面"，他实在"舍不得"走开，他要看着这场戏如何落幕。他甚至忘了去"劝架"。

"好！"徐世楚忽然话锋一转，下定决心地说，"你安心想屈打成招是不是？好，我就告诉你，我和女朋友约会去了，你满意了吗？我跟别人去喝咖啡，忘了时间了，你满意了吗？"

"和谁？"她继续问。

"你还要姓名地址呀？"徐世楚脸色发青，"她的名字叫蓝白黑。"

"什么蓝白黑？"

"我跟你说，你要我编故事，我还可以编，你要我编名字，我可编不出来。"

"她叫什么名字？"

"根本没有一个她，哪儿来的名字？"徐世楚大吼。

"那么，"冰儿定定地看着他，"我告诉你她的名字，她叫陆枫，枫树的枫，今年十九岁，是你们电视训练班的新人！"

徐世楚吃了一惊，他迅速地抬头，恶狠狠地盯着她。

"你打听我！你监视我！你调查我！"他咬着牙说。

"不错！"

"可是，"他深抽了一口气，"我今天并没有跟她在一起！我今天是存心来赴你的约会的！你也知道我无论交多少女朋友，我只有和你一个人是玩真的！"

"是吗？"

"你不相信我？"

"不相信。"

他侧着头想了两秒钟。"好，"他说，"世界上多的是屈死鬼，不在乎再多我一个！"

说完，他端起那碗玫瑰花瓣汤，就张大了嘴，飞快地、大口大口地、咕嘟咕嘟地咽了下去。李慕唐目瞪口呆，惊愕得忘了抢救。

阿紫在一边跌脚大叹："完了！完了！好好的一个周末，又被你们两个破坏了！我怎么这么倒霉，碰到你们两个神经病！"

冰儿怔怔地看着徐世楚。后者已把汤喝光，嘴里还衔着两片花瓣。他睨视着冰儿，口齿不清地说：

"花瓣可不可以不吃？"

冰儿的大眼睛眨着，眼珠逐渐濡湿，她的嘴撇了撇，想说什么，没说出口。突然间，她"哇"的一声，放声痛哭。徐世楚慌忙把汤碗放在桌上，用胳膊把她紧紧拥住，一迭声地说："我发誓，我和陆枫只是玩玩的！我发誓！我发誓！我发誓！"

冰儿把脸埋在他的胸前，啜泣着喊：

"谁教你喝那碗汤？谁教你喝？毒死了怎么办？"

"没关系。"徐世楚紧拥着她，吻着她短短的头发，微笑着说，"喝玫瑰花瓣汤而死，死也死得浪漫，你不是最喜欢浪漫的事吗？不过，我死了，你一定要在我墓碑上注明：徐世楚，他被玫瑰花毒死。同时，把我的资料寄到'世界之最'去，因为，这种死法，我一定是第一个！"

"哇！"冰儿大哭，用双手缠着他的脖子，"怎么办？怎么办？"她喊着。突然跳了起来："别急着死，我再去弄一碗玫瑰花瓣汤，陪你喝一碗！"

李慕唐一把抓住了冰儿。

"我现在才知道，"他注视着冰儿说，"你请我来吃饭的意义了，原来，你们生活里，是离不开医生的。别急别急，我那儿多的是洗胃剂。只是，我学医时，学过各种中毒，就是没有学过玫瑰花毒的治疗法。不过，我想，这种毒并不会十分严重，我先去准备洗胃剂，你们等下再过来吧！"

阿紫拉住了他，一脸的歉然。

"李医生，你还没吃火锅呢！"

"如果我的嗅觉没错的话，"李慕唐吸吸鼻子说，"你的火锅已经是名副其实的'火锅'了，瞧，烟都冒出来了！"

"哎呀！"阿紫放开李慕唐，冲进餐厅"救火"去了。

客厅里，战火已熄。那两个年轻人依偎着，一副"生死相许"的样子。李慕唐摇摇头，怎样的爱情，怎样的人生呢？他觉得，自己已跟不上"潮流"了。

第五章

冰儿再度来访，是四天以后的事了。

仍旧是深夜，仍旧是他一个人的时候。仍旧小雨如丝，小雨如织。她推开门走进来。穿着件好舒服的家居服，灰色灯芯绒的长袍，袖口和领口镶着桃红色的缎带，有点儿像睡袍，却比睡袍来得考究。她没有化妆，干干净净的脸庞显得特别清秀。她径自走到沙发边，很熟稔地坐了下来，两腿一盘，也盘到沙发上去了。把一双灯芯绒的拖鞋留在地板上。她就这样很舒适地蜷缩在沙发里，双手抱着膝，对他安详地说：

"看见你的灯光还亮着，忍不住要过来跟你聊聊天。"

他笑笑。他知道"欢迎"两个字正写在自己脸上。走到自动贩卖机前面，他为她倒了一杯热咖啡。这自动贩卖机还是朱珠最近建议订来的，为了候诊室里总有许多病人，也为了护士们。

"嗯，很好的咖啡。"冰儿说。

"没有火锅招待你。"他笑着。

"哇，别提了。"她羞红了脸，把下巴半藏在弓起的膝盖里去，"每次都害你乱忙一阵。"

他想起那个晚上，事实上，他并没有"乱忙"多久，因为他才回诊所，阿紫就打电话来说，徐世楚吐了，把玫瑰花瓣汤都吐光了，所以，他也没特别做什么。只是，那晚的火锅，当然别想吃了，据阿紫说：

"锅底都烧穿了，烟把屋顶都熏黑了，满屋子焦味，楼上的邻居差点把救火车都叫来了。"

他在她对面坐下，望着她微笑。

"你笑什么？"她问。

"很难得看到你这么——"他找寻合适的字眼。

"安分？"她接了下去。

"是的，"他点点头，"就是这两个字：安分。"

"唉！"她望着自己那露在裙角外的脚指头，莫名其妙地叹了口气。

"怎么了？"他问。

她想了想，睫毛很安静地半垂着。

"其实，"她扬起了睫毛，正视着他，"我本来是个很安分很乖的女孩，小时候，我安静得常常让别人认为我不存在，我是和徐世楚相遇以后，才变得这么疯疯癫癫的。"

"我并不觉得你疯疯癫癫。"他真挚地说。

"那么，你认为我怎样？"

"我认为你是个感情非常强烈的女孩，你敢爱敢恨，敢作敢当，热情得像一盆火。"他笑了，"你实在不该叫冰儿，你该叫火儿。你的热力，足以烧掉半个地球。"

"别夸张。"她微笑起来。

"没有夸张。我第一次认识像你这样的女孩。在你出现以前，我一直认为每个女孩子都差不多，是像小河一样的，婉转、柔顺、平静。你要知道，我虽然是个医生，经常接触不同的人，可是，生活仍然十分单纯。阿紫那天说得好，有的人生活得平平淡淡，有的人生活得轰轰烈烈，我就是平平淡淡的那种人。"

她注视他。"好不好呢？"她问。

"以前认为很好。"他坦白地说。

"多久以前？"

"在你出现以前。"她不安地蠕动了一下。

"与我有关吗？"

"当然。"他笑了笑，"如果你不知道世界上有霜淇淋，你喝杯冰水就满足了。如果你不知道有貂皮大衣，你穿件棉袄就满足了。人的欲望都是因为知道太多而产生的。非洲土人至今在茹毛饮血，他们活得也很快乐，猎到了一只野兽，他们可以击鼓而歌，欢天喜地地唱上一天一夜。他们的快乐——主要就来自无知。"

她很仔细地听他，深切地看着他："我还是不太懂。"

"好吧，我明说你就懂了。在你出现以前，我认为男女的感情都是平平淡淡的，认识、吸引、结婚、生儿育女，一切顺应'自然'的要求。至于爱得天翻地覆、死去活来，那都是小说里的情节，真实人生里根本没有的。"

"唔。"她哼了一声，倾听着。

"当你出现以后，我大开眼界。"他往沙发里靠了靠，笑着，"这才恍然大悟，原来世界上有如此这般的爱情，如此惊心动魄的爱情。于是，内心油然而生地发出一种'心向往之'的感觉。"

她笑了，眼珠乌黑乌黑的。

"我懂了。"她说，"你失去了原有的满足。"

"对。"

"可是，"她沉吟着，"我的生活并不值得羡慕。你以为我活得很快乐吗？"

"不。我知道你活得很痛苦、很累，但是很刺激。"

她震动了一下，正视着他。

"喂，李医生，你这人有点可怕。"

"怎么？"

"你是内科？小儿科？我觉得你更像心理科医生。"

"我研究心理，也是从你出现以后。而且，与其说我在研究你，不如说我在做自我分析。是的，我知道你的生活并不值得羡慕，但是，这种强烈的感情，却震撼了我。"他凝视她，"你怎能为一个男人，付出这么多？"

她迟疑了一下。"他值得我付出的，对不对？"她问。

"值不值得，完全是主观的。你认为值得，就一定值得，不过，你的语气里为什么有怀疑呢？"

"我有吗？"她有些吃惊。

"你有啊！"

她怔了怔。"我希望——"她忽然冲口而出，"你没有试图挑拨我的感情。"

他的背脊挺了挺，突然觉得自己的语气变僵了。

"我有必要挑拨你的感情吗？那对我有什么好处？"

她瞅着他："那要问你的潜意识！"

"问我的潜意识吗？"他惊愕地。

"按照你的分析方式，"她微笑起来，"每个人都有潜意识，当你不知道有霜淇淋的时候，你会心甘情愿地喝冰水。可是，当你发现有霜淇淋，而自己却吃不到的时候，你会希望别人也吃不到！"她坐正了身子，伸了个懒腰，"即使你有这种心态，也是自然的，这是人性。你不必觉得难堪或生气。"

"我难堪吗？"轮到他来吃惊了，"我生气吗？我有吗？"

"你有啊！"她学着他的语气说。

他侧着头看她。突然间，他们相视而笑。然后，她从沙发里跳了起来："夜深了，你也该休息了。"她往门口走，到了门口，又回过头来，"和你聊天，真是一大享受。你知道吗？"她顿了顿，眼光闪闪发亮，"你不只是个好医生，你还是个很可爱、很有深度的男人！"她打开门，再抛下了一句，"再见！"

转过身子，她消失在门外了。

他不由自主地伸出手去，似乎想叫住她，这种谈话，带着太诱人的"浪漫"气息，他实在不忍心这么短暂就结束了。但是，她已经走了。来也倏忽，去也倏忽。

下一次，她又是午夜时分出现的。

这次，她不是一个人来的，她带着徐世楚和阿紫。他们三个，嘻嘻哈哈地闯进门来，冰儿不由分说地就直奔向他，亲热地挽住他的手，一边笑着，一边热情地嚷着：

"难道你是工作狂吗？每天经过你的诊所，你都在看病！看病！看病！以前总羡慕当医生的，现在才知道当医生有多苦！来，把你诊所的门锁上，跟我们到华西街吃消夜去！"

徐世楚也同样热情，他爽朗地笑着，用力地拍着他的肩，大声地说："是啊！我欠你一顿火锅！上次，都是我的错！"他用力地敲了一下自己的脑袋，敲得"砰"地一响，"今天罚我请客！走走走！李医生，你爱吃什么，我都奉陪。不过，先说明，我不吃蛇肉，假若你选中那家蛇店，我只得在外面等你，本人天不怕地不怕，看到了蛇就起鸡皮疙瘩，不知道为什么。"

阿紫笑嘻嘻地说："不知道华西街有没有清炖玫瑰花、红烧玫瑰花、生煎玫瑰花之类的玩意儿！"

"阿紫！"徐世楚大叫，"君子不揭人之短！"

"啊啊啊！"阿紫笑弯了腰，"我从不认为我是君子，我是孔老夫子最不喜欢的那种人。"

"孔老夫子？"冰儿问，"你指什么？"

"唯女子与小人难养也。"阿紫说。

一时间，满屋子的人都笑成了一团。李慕唐不能不跟着他们一起笑，喜悦的气氛回荡在夜色里。然后，冰儿拉住了他的手："走吧！跟我们一起走吧！离开你的酒精药棉消毒水，跟我们去享受一下人生！否则，你虽然天天救人命，却不知道活着为什么！"于是，他锁起了诊所，跟他们到了华西街。

不知道多久没来过华西街了，原来，这儿到了深夜，居然灯火辉煌，夜市一家连着一家，摊贩也一家连着一家，吃的、用的、穿的、玩的……应有尽有。冰儿首先提议：

"我们去吃鱿鱼羹。"他们吃了鱿鱼羹，冰儿又说：

"吃烤鳗鱼好吗？"吃完烤鳗鱼，冰儿笑着：

"想吃红豆刨冰！"虽然是冬天，华西街还真有红豆刨冰。

每吃完一样东西，两个男人就抢着付账，每次都是徐世楚抢赢了。他用他的大手，紧紧按着李慕唐的手，很认真地说：

　　"不行！不行！你知道上次我破坏了大家的周末，我有多抱歉吗？今晚，所有的花费都是我的！"

　　"李医生，你让他付账吧！"冰儿笑吟吟地说，"反正是吃小摊子，怎样吃都没多少钱，下次轮到你请客的时候，说不定大家要去来来大饭店！"

　　"对了！对了！"徐世楚接口，"我就是这个打算！怎么冰儿如此灵巧，把我心中的秘密，全看得清清楚楚！所以，我在她面前，就一点办法都没有！"

　　冰儿笑着，瞅着徐世楚。

　　"这个人，自从吃了我的'花言巧语'汤之后，就更会'花言巧语'了！"大家都哄笑了起来。这真是一个非常可爱的晚上。温馨、甜蜜，而美妙。当大家吃了红豆刨冰以后，才觉得夜色凉飕飕，冷气从胃里往上冒。李慕唐也忘了自己是医生了，也不管大家的胃能否消化，他提议说："应该去喝一点酒！""哇！"徐世楚应声大叫，"于我心有戚戚焉，走哇！让我们今晚来个不醉无归如何？"

　　"两位小姐能喝吗？"李慕唐问。

　　"不喝的是小狗！"冰儿说。

　　"啊呀！"阿紫笑着，"你连小狗的量都没有，就在那儿说狂话！"

"酒量虽没有，"冰儿笑语如珠，"酒胆还不错，酒兴非常好，酒品第一流！"

"听她吹的！"徐世楚说，问到她脸上去，"是谁上次喝醉了，哭着要找妈妈的？"

"哎呀！诽谤！"冰儿瞪圆眼睛，"完全恶意诽谤！李医生，别听这个人破坏我的名誉，我们找家馆子，好好地喝一场，你就知道我的酒品如何了！"

他们走进一家"台湾料理"。

叫来一瓶绍兴，他们斟满了杯子，四个人碰着杯，豪放地干了第一杯。第二杯也斟满了，李慕唐开始说话了，他望着周围的三个人，热烈地说：

"你们知道吗？什么叫'活生生的人'，你们才是！自从认识了你们，我的生命像打开了另一扇门！原来，人生的喜怒哀乐，是这么强烈的！原来，生活的享受，是这么奇妙的！原来，感情的世界，是这样丰富的！原来，原来，原来……"他"原来"不出所以然了，就大声地说，"原来，你们都是这么可爱的！"

"干杯！"冰儿叫，一仰脖子就又干了一杯，原来，她喝了第一杯，就已经半醉了。

"干杯！"徐世楚跟着叫。

于是，第二杯也干了。接着，是第三杯、第四杯……那晚，四个人把一瓶绍兴都喝光了。酒，把空气搅得热热的，把人与人间的距离拉得短短的。李慕唐只记得自己忽然变得很爱说话，很爱笑了。他说了好多好多，绝不亚于那位徐世楚。冰儿呢？她确实有一流的酒品，酒到杯干，豪放得一如男孩子。几杯酒下肚，她开始拉着阿紫说：

"来！咱们来猜拳！输的人喝酒！"

她们两个，居然吆喝着，猜起拳来了。李慕唐从没有看过两个女孩子喝酒猜拳，不禁大为好奇，睁大眼睛，他瞪视着她们两个。她们挺认真的，涨红着脸庞，鼓着腮帮子，像模像样地吆喝、出拳、喝酒……李慕唐已薄有醉意，看来看去，总觉得有点儿不对劲，后来，他才发现，两位女生嘴里吆喝的是："剪刀！""石头！""布！"李慕唐忍不住，大笑特笑，差点没连椅子一起翻到地上去。徐世楚又对李慕唐举杯：

"李医生……"

"叫我李慕唐！"他热情地说，"我有名字！"

"是，李慕唐。"徐世楚应着，"你瞧，女孩子就让我无法抗拒，你凭良心说，她们两个，是阿紫可爱，还是冰儿可爱？"

李慕唐对这问题有点惊讶，但他也认真地打量了两个人一下："凭良心说，她们两个脾气有点像。"

"不像不像。"徐世楚摇头，"兴趣有点像是真的，反正物以类聚，两个人住在一块行动谈吐就会变得相像。

不过，基本个性还是不一样的。冰儿热烈，阿紫温柔；冰儿尖锐，阿紫随和；冰儿特殊，阿紫亲切；冰儿像火，阿紫像水……"他越说越顺，又干了一杯酒，"你如果跟她们处久了，你会发现她们两个都很可爱，假若我能兼而有之，来个一箭双雕，岂不大妙？哈哈！"

"你醉了。"李慕唐说。

"没醉。"他摇头，"我一直对中国旧社会的思想十分排斥，唯有这多妻制，我是非常赞同，尤其，看了唐伯虎的《九美图》，把我羡煞羡煞……"

冰儿又输了一拳，她倒满了一杯酒，回过头来，她高举酒杯，把一杯酒从徐世楚头顶上淋了下去，嘴中高声嚷着：

"第一美为你敬酒！"

阿紫依样画葫芦，也倒了一杯酒，从徐世楚头上淋下去，嘴里嚷着："第二美向你敬酒！"冰儿再举过第三杯酒来，徐世楚慌忙跳离那是非之地，用手拂弄着湿湿的头发，酒沿着他的发丝滴下去，滴了他满脸满身，他却一点也没有生气。跑过去，用左手压住冰儿，右手压住阿紫，笑容可掬地看看这个，又看看那个，醉眼惺忪，却豪气干云地说："你们知道李白吗？我最欣赏李白的两句诗是：'俱怀逸兴壮思飞，欲上青天揽明月！'他的野心可真大，他想到青天上去左手揽太阳，右手揽月亮！我徐世楚对他老人家，是心向往之。而我的太阳和月亮，就在我的左右！"他拥着两个人，哈哈大笑，甩着头，把满头的酒甩到两人身上，"没听说过，太阳和月亮会下起雨来的！"

冰儿和阿紫，相对一视，也哈哈大笑起来。

李慕唐心情一松，说真的，他有一刹那，心里很担心，他以为战事又起，这场饮酒乐，乐如何的好戏恐怕又将乱七八糟结束。但是，看样子，危机已去。他大乐之余，就高举杯子，笑着嚷："我敬大家！干杯啊！"

"干杯！"冰儿叫。结果，大家都喝醉了，而且，醉得很厉害。

李慕唐几乎不记得，自己那晚是怎样回到诊所的。他对那晚最后的记忆，是四个人彼此搀扶着走在大街上，走得歪歪倒倒的。而冰儿，却一面走，一面柔声地唱着歌，反反复复地重复着四句歌词：

就这样陪着你走遍天之涯，
踏碎了万重山有你才有家，
就这样陪着你走遍天之涯，
踏碎了岁与月黑发变白发……

第六章

　　人与人之间，就这样，往往从一个"偶然"开始，由相遇而相识，由相识而相知。

　　当冬天过去，李慕唐和冰儿、阿紫，以及徐世楚，都成了好朋友。接着而来的春与夏，他们都来往频繁。李慕唐常去那间"幻想屋"小坐，而冰儿她们，也经常夜访李慕唐，他们已熟得彼此直呼名字。在假日中，大家也常结伴郊游了。

　　有时，李慕唐会感觉到，这应该是一种很好的搭配，徐世楚和冰儿既然是一对，剩下来的阿紫和他，就应该很自然、很容易地连锁在一起。事实上却不然，他和阿紫确实很熟稔了，但是，他们之间的谈话，每次都围绕着徐世楚和冰儿打转。阿紫会详细地告诉他，她和冰儿结识的经过，以及冰儿和徐世楚结识的经过。"我和冰儿在大学是同学，两个人一见如故，她的家在高雄，我的家在台南，读书时，我们住一间宿舍，放假时，不是我去她家玩，就是她来我家玩。毕业后，我们又考进同一家电子公司，合租同一间公寓，我们虽是朋友，却情如姐妹。"阿紫用手指绕着头发说。这是她习惯性的动作，她有一头乌黑的长发。冰儿自从把头发剪短后，就对阿紫的长发十分嫉妒，她常常扯着阿紫的头发，叫着嚷着说：

"剪掉！剪掉！好朋友有福同享，有难同当！我的头发都剪掉了，你怎能不剪？"她叫她的，阿紫却仍然十分珍惜她的长发。

"冰儿非常热情，"阿紫继续说，"又爱笑又爱哭又爱闹，人长得又漂亮，在大学里，追她的男同学有一大把。但是，说来奇怪，在念书时，她就没有交过一个男朋友。而我呢……"她笑着，坦率地看着李慕唐，"我倒交了两个男朋友，都无疾而终。你知道，大学的男生都带着点稚气，不很成熟，时间一久，你就会觉得他们太小了。我交男朋友时，冰儿常笑我定力不够，她说不相信男孩子会让她掉眼泪。谁知道，大学才毕业，我们一起参加一个舞会，她在那舞会中碰到徐世楚，当天就向我宣布她恋爱了，从此就一头栽进去，爱得水深火热。那个徐世楚，你也知道，他确实很可爱。人长得帅，能说会道，心地善良，爱起来也火辣辣的。只是，他有点花。漂亮的男孩子大概都有点花，何况像徐世楚那么优秀！再加上电视公司那个环境，耳濡目染，全是风流韵事。徐世楚有些个风流事件，就常常传过来。而冰儿，她是用生命在爱，不是用头脑在爱，她的爱情里，一点儿理智都没有，所以，这段爱情，总让人觉得提心吊胆的，不知道结果会如何。"

确实，冰儿和徐世楚，真的会让人"提心吊胆"。

七月的一个黄昏，天气非常燠热，诊所里的病人还很多，朱珠和黄雅一都忙得团团转。就在这时，阿紫冲进了诊所，嚷着说："慕唐，赶快来，那两个人又在拼命了！"

李慕唐吓了一跳，经验告诉他，如果是阿紫在求救，情况一定很严重，他慌忙对朱珠交代了两句：

"不要再接受挂号了，让看好病的人拿药，其他的请他们明天再来吧！"他跟着阿紫，就冲上了白云大厦。

一走进冰儿的家，李慕唐就傻住了。

整个房间，简直乱七八糟，台灯倒了，花瓶、小摆饰、闹钟全滚在地毯上，书籍、报纸散落了满房间，镜框掉在地上，屏风撕成一条一条的。餐厅里，一地的碎玻璃，碗啊盘啊全成了碎片……这简直是一个劫后的战场，不堪入目。

可是，现在，战争似乎已经停止了。室内安静得出奇。李慕唐定睛看去，才看到徐世楚躺在一堆破报纸和靠垫里，一动也不动，不知是死是活。至于冰儿，却踪影全无。阿紫大叫一声："不好！别两个人都死掉了！"她奔过去，抓住徐世楚的肩膀一阵乱摇，叫着，"世楚！世楚！你怎样了？你还活着吗？"

徐世楚翻身坐了起来，额头上肿了一个大包，脖子上全是指甲抓伤的血痕，衬衫撕破了，除此之外，倒看不出有什么大伤。他推开阿紫的手，不耐烦地、没好气地说：

"我活得好好的，干吗咒我死？"

"那么，冰儿呢？"阿紫急急地问。

"她把自己关在卧室里，不知道干什么。"徐世楚说，气呼呼地，"我看，她八成已经割腕了！"

"我没有割腕，"从卧室里，传出冰儿清脆的声音，"我在自焚。"

李慕唐没听清楚，他问阿紫：

"她说她在做什么？自刎吗？"

"自焚！"徐世楚大声地代冰儿解释，"自焚的意思就是自己烧死自己！"

"什么？自焚吗？"李慕唐大惊失色。

同时，阿紫已经惊慌失措地大叫起来："不好了！慕唐，她在玩真的呢！徐世楚，你这王八蛋！你们看那门缝，她在玩真的呢！"

李慕唐对卧室的门看过去，这一看之下，真是魂飞魄散。那门的下面，离地板有条宽宽的门缝，现在，一缕缕的黑烟，正从那门缝里往外冒，连那钥匙孔里，都冒出浓烟来了。李慕唐想也不想，立刻用肩膀撞向那扇门，嘴中大嚷着：

"冰儿！别开玩笑！开门！"

阿紫也加入来撞门了，一面撞，一面尖声叫着：

"冰儿！你不要傻！你烧死了没有关系，如果烧不死，变成个丑八怪，怎么办？"

"我会把我自己烧死！喀喀！"冰儿的声音清楚而坚定，只是被烟雾呛得有些咳嗽，"你们放心，我已经决心要把自己烧死！不只烧死，我还要烧成粉、烧成灰，烧得干干净净！喀喀！"

门缝里，烟冒得更多了，连客厅里都弥漫起烟雾来了。同时，冰儿在里面，已被呛得咳嗽连连，情况看来已十分危急，李慕唐大喊着："打一一九！徐世楚！打一一九！"

徐世楚望望门缝，用手揉揉鼻子，冷不防被熏过来的烟雾冲进眼睛，眼中都熏出眼泪了，他这才发现情况紧张，有些不安。但他瞪着那门，仍然嘴硬：

"她要找死，就让她去死！"

"徐世楚！"阿紫狂叫，"你不弄出命案来，你就不甘心，是不是？还不快来帮我们撞开这扇门！"

徐世楚瞪着那腾腾烟雾，咬紧牙关，涨红了脸，一动也不动，李慕唐已经快要急死了，他对着门大声嚷着：

"冰儿！你别发疯，世界上最痛苦的死法是自焚，火烧起来是最恐怖的事，它会把你一寸一寸烧焦！你这傻瓜！赶快出来……"

"我就是要用最痛苦的办……喀喀喀……我烧成了灰……喀喀喀……我还是要找他……算账……喀喀喀……我化成了烟……喀喀喀……我还是要找他……喀喀喀……很好，很好……"她忽然费力地吸着气，"已经烧到脚指头了，很好……很好……"

徐世楚再也忍不住了，他跳起身子，狂叫着：

"冰儿，你疯了！你真的疯了！"

然后，他猛力地用肩头直撞上那门，他的个子高，力气奇大。一面猛撞，一面嘴里乱七八糟不停地嚷：

"你疯了！你疯了！冰儿！烧成灰会很痛，你知道吗？你这个疯子！笨蛋！傻瓜……你开门呀！"

"砰"的一声，门被他们合力撞开了。

门内的局面，却使他们每个人都愣住了。

原来，冰儿好端端地坐在地毯上，正用一个铜制的字纸桶，烧着一大堆的废报纸，同时，她还用个电风扇，把烟吹向门缝，那些烟，就是这样钻出门缝来的。一看到徐世楚破门而入，她立即从地毯上一跃而起，胜利地叫着：

"好呀！徐世楚，你不是叫我去死吗？原来，你还是舍不得我死呀！"

徐世楚气得鼻子里都快冒烟了，他脸色发青，眼睛发直，嘴唇发白，他瞪着她，气结地说：

"你……你……你……"

"我烧成灰，你会心痛吗？"冰儿斜睨着他，笑嘻嘻地问，"你还是怕我死掉的，是不是？你心里还是不能没有我，是不是？"

"你——混蛋！"徐世楚破口大骂，"你去死！"忽然间，他奔过去，一把抓住冰儿的手，把那只手揿进那正冒着烟的字纸桶里。"烧呀！"他叫，"烧死呀！"

冰儿咬着牙，一声也不吭。

李慕唐冲上前去，飞快地拉出冰儿的手，一检视之下，那白白嫩嫩的手指上，已经被灼得红肿起来。李慕唐又气又急，叹着气说：

"你们两个有完没完？又不是小孩子打架，一定要打得两败俱伤才行？"

"有完没完？"徐世楚瞪视着冰儿，一个字一个字地说："冰儿，让我清清楚楚地告诉你，我们之间完了！从此以后，你过你的日子，我过我的日子。你再也不要来找我，再也不要打电话给我！我发誓不要再见到你！"说完，他转身就走。

阿紫正忙着用水熄灭了火，又去开窗子放烟。这时，看到徐世楚真的要走，她马上跑过去，迅速地拦住了他，笑着说："哎哟，真走吗？吵吵架是常事，有什么了不起？别走别走！你把我们家弄成这副德行，你还得帮忙收拾呢！不许走！"

"你让他走！"冰儿咽着气说，"他等不及要去见他的陆枫！"

"是的，我等不及要见陆枫，我还等不及要见江小蕙、何梦兰、萧美琴……"徐世楚一连串背了一大堆名字，喘着气说，"我最不要见到的就是你！"

冰儿站在那儿一动也不动，脸颊上，逐渐失去了颜色。她紧紧地盯着他，问："你说真的？"

"当然真的！"徐世楚说，"我的女朋友本来就多，你以为只有你一个吗？我认识你已经倒了十八辈子霉！我告诉你，樊如冰，我对你已经厌倦了！"

"徐世楚！"李慕唐叫。

"徐世楚！"阿紫也叫。

"你说——你厌倦了？"她问。

"是的！"徐世楚豁出去了，他大声地说，"厌倦了！冰儿，你知道你是什么吗？你是个长不大的小孩子！你永远要生活在戏剧性里！我累了！和你谈恋爱谈累了，我要跟你说再见了！"说完，他转身就向门外冲，阿紫又拦了过去，堆着一脸的笑，张着嘴，还来不及说话，徐世楚先说了：

"阿紫，你不放我走吗？"

"请——不要走吧！"阿紫软弱地笑着。

徐世楚收住了脚步，盯着阿紫。

"阿紫，我可以留下来，如果你一定不放我走！"他的声音强而有力，"可是，我留下来，不是为了冰儿，而是为了你！"

这是一枚炸弹。阿紫的脸色立刻变白了，她连退了三步才站稳，她盯着徐世楚，张口结舌地说："你……怎能……开这种玩笑？"

"你知道我不是开玩笑，"徐世楚沉声说，"阿紫，你比谁都聪明，你知道我没有开玩笑！你知道我每次到这儿来，并不仅仅为了冰儿！"室内，突然间陷入一份死般的寂静里。

阿紫睁大了眼睛，惊慌失措。徐世楚高大的身子，挺立在房间正中，眼光幽暗地看着阿紫。冰儿呆住了，嘴唇上一点血色都没有了，她急促地呼吸着，像只被吓呆了的小鸟。李慕唐觉得，此时此刻，是他应该出来打圆场的时候，可是，他也被震慑住了，被徐世楚这几句话震慑住了！站在那儿，他竟然动也不能动。好半晌，第一个说话的竟是冰儿：

"阿紫！"冰儿温柔地叫。

阿紫吃惊地抬起头来，看着冰儿。

"阿紫。"冰儿走了过去，伸手握住阿紫的手。李慕唐注视着她们，两个女孩子的手都在发抖。"你是我最要好最要好的朋友，"她说，嘴唇颤抖着，"我要告诉你，阿紫，不论发生了什么事，你永远是我最要好最要好的朋友！"

阿紫喘息着，眼里蓦然间充满了泪水。她焦灼地说："冰儿，你不会以为我……"

"嘘！"冰儿轻声打断了她，脸色是严肃而正经的，"不要解释，我想，我都懂。"她转向了徐世楚，对他定定地看了两秒钟。"你留下，我走。"她说，一转身，她抓住了李慕唐的手，"慕唐，我可不可以到你那儿去避避难？我不太相信我自己，搞不好我真的会去自焚。"

李慕唐此时才缓过一口气来。

"当然，冰儿。"他说，"我们走吧！"

"不行！冰儿！"阿紫叫，泪水夺眶而出，"你走什么走？你走了算什么名堂？我怎么会搅进你们的战争里去的？我看，我走吧！"

"算了，"徐世楚哑声说，"你们都别走！从头到尾，就该我走！再见！"他打开大门，冲出了公寓，这次，阿紫没有拦住他，没有任何人拦住他。他走了，砰的一声把门带上了。

室内又安静了。冰儿缓缓地、缓缓地坐到沙发上去了，她低着头，呆呆地看着那一地的碎玻璃。阿紫沉默地站了片刻，走过去，她在冰儿身边坐了下来，试探地伸手去摸摸冰儿的手，她轻声说："不要相信他！他存心在气你。"

冰儿抬眼看阿紫，忽然，她"哇"的一声，放声痛哭，她伸手紧紧地抱住了阿紫，哭泣着喊：

"我不能同时失去爱情和友谊，我会死！我真的会死！阿紫，我不要失去你！"

"你没失去我，我向你保证！"阿紫急急地说，也哭了起来，"那个疯子在胡说八道！"

"问题是，他没有胡说八道。"冰儿哭得伤心，"我已经——已经——失去你们了！"她把头深深埋进阿紫的怀里。

李慕唐呆站在那儿，一直到此时，他仍然弄不清楚，自己在这幕戏中，扮演什么角色。他只知道，当他看到两个女孩子抱头痛哭时，他竟也鼻子酸酸的，眼眶里湿漉漉起来。

第七章

第二天，李慕唐整天都很忙，夏天是细菌感染的季节，流行性感冒像海浪一般，总是去了又来。肠炎、脑炎都有蔓延的趋势。诊所中从早到晚，都是学龄以下的孩子，大的哭、小的叫，忙得李慕唐头昏脑涨。

他一直想抽空打个电话给冰儿，就是抽不出时间。但是，晚上，诊所还没下班，冰儿就来了。

"你忙你的，"冰儿推开诊疗室的门，对他说了句，"我在候诊室等你，你不用管我！"

她在候诊室坐下来，随手拿了一本杂志，就在那儿细细地读了起来。李慕唐悄悄地注意了她一下，她看来消沉、安静而憔悴。朱珠趁递病人的病历表来时，在他耳畔说：

"你的女朋友好像有心事！"

黄雅一则说："奇怪，她怎么不笑了？"

整晚，两个女护士研究着冰儿。冰儿却安安静静地看杂志，看完一本，再翻一本。

终于，病人都走了。

终于，朱珠和雅一也走了。

关好了诊所的大门，李慕唐一面脱下医生的白衣服，一面在沙发上坐下来，好累！他伸了个懒腰。冰儿跳起身子，去自动贩卖机弄了杯咖啡来，递到他的面前。

"喝杯咖啡吧！"她温柔地说，"跟你认识这么久，只有今晚，才体会到你的忙碌。你的工作，实在一点也不诗意。"

"不诗意，"他叹了一声，"也不浪漫。我说过，我一直面对的人生，都是平凡的。"

"不平凡。"她由衷地说，"你每分钟都在战争，要战胜那些病，还要给那些家属和病人信心，你每天面临的，是一个科学家和一个神的工作，你怎能说这种工作，是平凡的？"

李慕唐凝神片刻。唉唉，冰儿，你有张多么会说话的嘴，你有颗多么细腻的心，你还有多么智慧的思想，和多么敏锐的反应……这样的女孩，是上帝造了千千万万个，才偶然会造出这样一个"变种"，应该称之为"奇迹"。

"你很累了？"冰儿注视他，"我知道我实在不应该在你这么疲倦的时候打扰你。但是，慕唐，我已经养成往这儿跑的习惯了！"

"很好的习惯！"他笑起来，"千万要保持。"

她对他柔弱地笑了笑。

"我帮你按摩一下，会缓解疲劳。"她说，走到他身后，开始捏拿他的肩膀，别看她纤细苗条，她的手劲居然不错，确实让他觉得筋骨舒坦。但是，他却不忍心让她多按，几分钟以后，他已经笑着抓住她的手，把她拉到身前来，说："坐下吧！"

"不好吗？"她问。

"很好。"他真诚地说，"只是，我更喜欢面对着你。坐下吧！"他拉住她。她的手在他手中抽搐了一下，她不自禁地疼得皱眉头，嘴里唏哩呼噜地抽着气。他这才惊觉她的手昨晚烧伤了。

"给我看看！"

"没什么。"她想藏起来。

"给我看！"他固执地说，"别忘了我是医生。"

"我应该预交一笔医药费在你这儿。"她的眼神黯淡，但是，唇边却始终带笑。

"不，你应该去保意外险。"

他注视那只手，昨晚灼伤的部分已经起了一溜小水泡，红肿而发亮。他说："我去拿点药！"

"别忙，"她拉住他，"你坐下。和我说说话，不要跑来跑去的好吗？我的手实在没有什么。"

"伤口在心上？"他冲口而出。说完，就后悔了。这种说话不经思考的毛病，实在是被冰儿他们三个传染的，可是，说完了他依然会觉得太鲁莽。果然，冰儿唇边的笑容消失了，眼神更加黯淡了。坐在沙发上，她把双腿盘在沙发里，整个人蜷缩着，看来十分脆弱，十分无助。

他去取了药，有好长的一段时间，他们都没有说话。他忙着帮她消毒、上药，又用绷带细心包扎起来。都弄好了，他才拍拍她的手背说："拜托，最好不要碰水。"

"哈！"她突然说，"我知道我不能碰水，小时候，算命先生说我命中要防水，最好不要学游泳。我看，我将来说不定会淹死。"

"淹死，烧死，毒死，"他叹口气，"你对死亡的兴趣实在很大。"

她侧着头，深思了一下。

"慕唐，"她正色说，"你是医生，请你告诉我，人为什么要活着？"

"因为——"他也深思了一下，"人不幸而有了生命，所以必须活着。"

"那么，人又为什么会死亡？"

"因为——人不幸而有了生命，所以必须会死亡。"

她一瞬也不瞬地盯着他。

"就这么简单？"

"是的。"

她又想了一下，忽然说："慕唐，你知不知道？你常常让我很动心？"

唉唉！冰儿。他心中叹着气。不能这样说话，不管你是真心还是假意，冰儿，不能这样说话。你会搅动一池春水，你会引起一场火山爆发。你言者无心，怎能保证听者无意？他蓦然间移动了身子，和她保持了一段距离。端起咖啡，他掩饰什么似的喝了一口，说：

"告诉我，你和阿紫之间怎样了？"他问。

"很好。"她简短地说。

"很好？"他重复地问。

她抬眼看看他。忽然把下巴埋进膝头去。

"不好。"她说。

"不好？"

"不好，不好，不好。"她摇着头，"你知道吗？今天一整天，我们找不出话来说。以前，我们总是说这个说那个，有事没事我们都可以聊到深夜，但是，今天我们之间僵掉了，我们居然无话可说！"她咬咬牙，"那个——该死的徐世楚！"

他不语。她抬眼看他。

"慕唐，你坦白告诉我，我是不是让人很累？"

"有一点。"他坦白地说。

"你会'怕'这种'累'吗？"她强调了"怕"和"累"

两个字，清楚而有力地问。

"我？"他失笑地说，"我不怕。"

"为什么你不怕？"

他笑了。"能拥有这种'累'的人，是有福了。"他笑着说，"我一直希望有人能让我累一累，那么，就肯定人生的价值了。人，不幸而有了生命，就应该幸而有了爱情。"他沉思片刻，"这种幸福，是可遇而不可求的。"

"幸福？"

"是啊！能为你'累'，也是一种'幸福'啊！"

她坐着，眼睛闪闪发光。忽然间，她就跳了起来，一直走到他面前，她突兀地伸出手臂，搂住了他的脖子，就飞快地在他唇上吻了一下。吻完，她站直身子，说：

"慕唐，你让我心动，你真的让我心动。"

说完，她转身就冲向大门，拉开门，她头也不回地跑走了。他怔怔地坐在那儿，只觉得自己心跳耳热。冰儿，他想，你才让我心动，真的让我心动。

三天后，她走进他的诊所。

"慕唐，我认识你很久了，每次都在你诊所聊天，面对着一大堆医疗用品，好像我是病人似的。今晚，我能不能去你楼上的'家'里看看？"

"当然可以。不过，那儿不是家，是单身宿舍。"

"哦。家的定义是什么？"

"家的定义是'温暖'，像你们那间幻想屋，虽然没有男主人，却很温暖，是个家。"

"那么，那个家也不存在了，那是女生宿舍。"

他看她，她微笑着，笑得挺不自然的。于是，他带她上了楼，到了他的"单身宿舍"。

其实，这房子布置得简朴而雅致，房子也不小，一个大客厅外，还有两间卧室。只是，李慕唐的书实在太多了，客厅里装了一排大书架，里面全是书，卧室里也有书架，也堆满了书。再加上，李慕唐看完书常随便丢，所以，沙发上、茶几上、地毯上……到处都有书。因此，这房里虽然有沙发有茶几有安乐椅，墙上也挂了字画，窗上也有窗帘，可是，你一走进来，仍然像走入了一间图书馆，实在不像一个家庭的客厅。

"哇！"冰儿四面打量着，"怪不得！"

"怪不得什么？"

"怪不得我总感到你和一般医生不同！你温文儒雅，一身的书卷味，随便说几句话，就要让人想上老半天！原来，你的思想、你的学问、你的深度……是这样培养出来的！"

他的心轻飘飘了起来，幸好，他还有些"理智"。他走过，停在冰儿面前，郑重地看她。

"冰儿，我们约法三章好吗？"

"怎样？"

"不要灌醉我。"

"我不懂。"

"你懂的。你冰雪聪明，所以，你什么都懂。"他凝视她，"你知道，我酒量很浅，很容易醉。"

她的睫毛闪了闪，定睛看他。

"我从不撒谎。"她说。

"才怪。"

"我不会拿我内心的感觉来撒谎。"她认真地说，"你不是酒量太浅，你是太谦虚了，要不然，你就是对自我的认识不够。"她走到书架前面去，"好吧，我不说，免得你莫名其妙就醉了。"

她看着书，突然大发现似的叫起来："哇！你这儿居然有好多翻译小说！《哀泣之岛》《玫瑰的名字》《亲密关系》《四季》《砂之器》《荆棘鸟》……哇，我能不能借回去看？"

"当然可以。"

她开始收集她想看的书，抱了一大摞。

"别太贪心，"他说，"你先拿一部分，看完了可以再来换。"

"好。"她翻着书本，选她要的。

"你这样选书，怎么知道哪一本是你要看的？"

"我找对白多的书。"她说，"我最怕看描写了一大堆，而没有对白的书，所以，理论性的书我绝不看。"她选了《四季》《情结》《砂之器》，和《荆棘鸟》。

"很好，"他说，"侦探、恐怖、爱情、文艺都有了。只差科幻小说！"

她在沙发里坐下来，把小说堆在一边。

"我有没有东西可以喝？"她问。

"有茶。"

"好，我自己来冲。"她又跳了起来。

他伸手阻止她，"我去，你是客。"

她把他拉了回来。"坐下！好吗？"她说，"我不是客。除非你不欢迎我以后再来，否则，你让我自由一点。我会找到你的茶叶罐，你放心。"她真的找到了茶叶罐，也找到了茶杯，还找到了热水瓶。她冲了两杯热茶，端过来，放在他面前的小几上。然后，她舒适地躺进了沙发里，再度环视四周，轻轻地叹了口气。

"这是一个'家'。"她说，"温暖、安详、恬静、舒适……还有这么多书，它起码可以让你的内心不那么空虚。"她停住了。转过头来看他，眼光幽幽的、深深的。她沉默了一下，忽然说："慕唐，我和徐世楚，是真真正正地结束了，完了。"

"怎么？"他犹疑地说，"你们每次吵架，不论多么激烈，不是都很快就讲和了吗？"

"那不同，那是吵架。"她静静地说，"这一次不是吵架，是结束。"她顿了顿，眼光飘到窗外去，半响，她收回目光，再看他。"很痛很痛的一种结束。痛得你不知道该怎么办。"

"要不要我和他谈一谈?"

"哦,不要,绝对不要。"她说,"我今天跟他见过了面,两人都很坦白。他告诉我,他'曾经'觉得和我在一起是刺激的、新鲜的、热烈的……而现在,他觉得我太不真实,根本不像个现代人。换言之,他长大了,而我还没有长大。他认为和我的恋爱,是一件'幼稚'的事。话说到这种地步,就再也不可能转圜了。总之,一切都结束了。说得再坦白一点,是我被他甩了!"她低下头去,用手抚弄裙角,下意识地把那裙角折叠起来,又打开去,"我认为,他这次是真正地'醒'了。"

李慕唐没说话,在这种时候,他觉得自己说任何话都是多余的。一个人如果心灵上有伤口,只有时间才能医治它。他虽是医生,也无能为力。室内安静了一会儿。然后,她忽然振作了,伸了个懒腰,她甩甩头,潇洒地笑了。"不要那么哀愁地看着我,你瞧,我不是活得好好的吗?我脸上并没有刺上'失恋'两个字,是不是?而且,我绝不能,绝不能……"她强调着,"破坏你这屋子里的安详和恬静。"她又一次环视四周,"慕唐,你知道你有一颗好高贵的心吗?不只高贵,而且宽宏。"

又来了!那轻飘飘的感觉。"是吗?"

"是的,"她肯定地说,凝视他,"自从第一次见到你,我就觉得你好高贵。你有种特殊的气质,你文雅,实在……像……像一片草原。我这样说你一定不懂。是这样的，我的生活、恋爱，都像飘在天空上的云，很美，却很虚幻。你呢？你是一片草原，绿油油的，广大、平实，而充满了生机。这就是为什么，我总喜欢往你这儿跑的原因。当我在天空飘得快掉下来了，我就直奔向你这片草原，来寻求实实在在的落脚点，来找寻安全感。"她紧盯他，眼光深不可测，"你懂了吗？"

"有一些懂。"他说。

她靠近了他，双手兜上来，绕住了他的颈项。"慕唐。"她低声叫。

冰儿，这不公平。他心里想着。我已经警告过你，不要灌醉我。他用手拉住了她的胳膊。

"冰儿，你知道你是怎么回事吗？你受了徐世楚的刺激。现在，你心里充满了挫败感。事实上，你对我了解不深，我是草原或是高山，你并不能十分肯定，你之所以想接近我，只因为你的失意。"

"不，你错了。"她说，"你一再低估你自己。"她把他的头拉了下来，睫毛半垂着，眼睛里盛满了酒，浓浓的、醇醇的酒，浓得可以醉死神与佛，"慕唐，我很讨厌吗？"她低问。

"不，你非常、非常、非常可爱。"

"那么，"她吐气如兰，"吻我！"

"不。"他挣扎着。

"为什么？"

"那不公平。"

"对我不公平吗？"

"不，对我不公平！"

"怎么讲？"

"你只是想证明，你自己还有没有魅力，还能不能让男人心动。"

"那么，我的证明失败了？"她轻扬着睫毛问，有两滴泪珠沿着眼角滚落，"你是告诉我说，我已经没有丝毫的魅力，也不能让你动心了？是吗，是吗？"

哦，冰儿，你不知道你有多可爱，你不知道我要用多大的定力来避开你。但是，这样太不公平，对你不公平，对我也不公平。你正受着伤，受伤的动物寻求安慰，和健康的动物寻求伴侣是两回事。当你的伤口愈合，你会发现你愚弄了自己，也愚弄了别人……

"我明白了。"她忽然说，放开了他，"抱歉，"她涨红了脸，满脸的挫败、失意和痛苦，"我是——自找其辱！"她转身就往门外冲。他一把拉住了她，飞快地把她拥入怀中，低下头，他的唇就炽热地紧压在她的唇上了。

唉！冰儿，管他公不公平！我醉了。他想着，他的唇紧紧地、紧紧地贴着她的，他的手臂强而有力地拥住她。他的心狂猛地跳着，每跳一下，是一声低唤：冰儿！冰儿！冰儿！

第八章

接下来的三天，冰儿都一下班就直奔李慕唐的诊所。

平常，李慕唐每日三餐，都十分简陋，早餐自己冲杯牛奶、烤片吐司就解决了，中餐和晚餐多半都是朱珠或小田她们打电话叫便当来吃，"便当"是这个工业社会的新兴行业，专为这些忙碌得无暇做饭的人而产生的。所以，诊所后面虽然也有厨房和餐厅，却形同虚设。

冰儿既然每晚六七点钟就来，他们的便当就多叫一份；冰儿会乖乖地陪他们吃便当。然后，她就在诊所里整理被病人弄乱的书报杂志，每当有母亲拖儿带女来看病时，她也会帮人照顾孩子。她只是不走进诊疗室，李慕唐后来发现，她很怕看到打针，也不能见到血。

冰儿的"报到"，带给诊所小小的震动。朱珠说：

"看样子，快了快了！"

"什么东西快了快了？"雅一问。

"我们的李医生，快被套牢了。"

"什么快被套牢了？是已经套牢了！"

两个女孩就"咯咯咯"地笑了起来。然后，雅一问："你家的鱼池还搁在那儿呀！"

"没有白搁着，这几周，我哥哥和他的同事们都来钓鱼，上星期钓起一条八斤重的大鲤鱼，三个人合力才把它拖上岸，好好玩啊！……"朱珠和她的鱼池，谈论的声音那么近地荡在耳边，那事情已距离他十万八千里远。真不知道何年何月何日，他才真会去那鱼池钓鱼。他想着，不自觉地看看窗外，又看看手表，冰儿怎么还没来呢？那种期待的情绪，已经把他所有的思绪占满了，把他的意志控制了。

一连三天，都在天堂。

冰儿那么乖巧，那么宁静。坐在候诊室里，一坐就是整个晚上，如果候诊室里不需要她工作，她就捧着本小说，在台灯下细细阅读着。有时，李慕唐会不相信，这就是那个会闹会叫会服毒会拼命的女孩。这三天，她温柔得就像中国的一句成语"静若处子"。每晚，当李慕唐的工作结束后，他们就会手携着手上楼，到了楼上房间里，房门一合上，冰儿就会热烈地投入他怀中，用双手环抱着他的腰，把面颊紧偎在他的肩上，在他耳畔反复地低喊："我好想你，好想你，好想你哦！"

"唔，"他哼着，被她的热情扰得全身热烘烘的，"我不是一直在你视线之内吗？"

"视线之内？"她惊呼着，"太阳也在我的视线之内呀，星星也在我的视线之内呀！你是医生，一定可以知道人类的视线，最远可以达到多远……"她垂下睫毛，推开他的身子，受伤地说："老天，你一定'不想我'！"

"谁说我不想你？"他慌忙把她拉回怀中，"我每天一睁开眼睛就开始想你，到了五六点钟就心神不宁，看窗子总要看上几百次，每当有人推门进来，就以为是你。"他盯着她，"早知爱情这么让人神魂不定，真不该让自己陷进来。"

"你后悔啦？"她问。

"才怪！"于是，他会紧拥着她，给她一个热烈的、缠绵的吻。这吻往往把两人间的气氛弄得紧张起来，她那柔软的身子，散发着那么强大的热力，他会不可自持。可是，她总是及时摆脱了他，跑去烧开水、冲茶……把他按进沙发深处，为他按摩，让他放松那紧张的肌肉。

有一次，她垂着眼睑，半含羞涩半含愁地说：

"我并不是保守，只是不想让我们的关系变成彼此的一种责任。你是那种死心眼的人，你说过，我对你的了解并不深。而且，这一切发展得太快了。我不想……造成你的心理负担。"

冰儿啊，你对人性，怎能了解得如此透彻呢？

所以，他们在接下来的两小时里，都会非常平静、非常甜蜜、非常温柔地度过去。他们谈小说，谈人生，谈彼此的过去，谈理想，谈抱负……时光匆匆，两小时总是不够用。为了坚持他必须有足够的睡眠，她在一点钟以前一定回她的"女生宿舍"。这两小时，是李慕唐从没享受过的生活。虽不喝酒，醉意总是回荡在空气里。她的眼波如酒，她的笑语如酒，她的一举手一投足都令人醉。有时，他会被自己那强烈的感情惊慑，他想，他就是醉死在她的怀里，也是"死亦无悔"。这种"浪漫"的想法会让他自己吓一跳，原来"浪漫"也是"传染病"啊！冰儿有很好的歌喉：甜蜜、磁性，微微带点童音。李慕唐一直记得冰儿喝醉酒，唱的那支"就这样陪着你走遍天之涯"，但是，和她交往后，她就绝口不唱那支歌。她依然喜欢哼哼唱唱，有时，他躺在安乐椅里，她会坐在他面前的地毯上，把头依偎在他的膝头，轻轻地哼着歌。他对流行歌曲一向不熟悉，听不出她在哼些什么，只觉得她的声音里，带着醉死人的温柔。"你在唱什么呢？"有次，他问她。

"《如今才知道》。"她低语。

"什么？"他听不清楚。

"《如今才知道》。"她重复着说，于是，抬起头来，她仰望着他，双颊如醉，双眸如水，她清晰地唱：

如今才知道，天也可荒，地也可老，唯有知遇恩，绵绵相萦绕。

如今才知道，往事如烟，旧梦已了，与你长相守，白发盼终老！

唱完，她把双手伸在他膝上，眼光静静地停驻在他脸上，安详而温柔地说："请允许我，为你重新活过！"

啊！冰儿！他心中激荡着无数股狂流，汇合为一个大浪，那浪头对他全身心涌了过来，浪中只有一个名字，啊！冰儿！

阿紫是第四天来找他的。

那天是星期六，诊所中午十二点就下班了。小田和小魏都走了之后，他还没关诊所的门。因为，他不知道，冰儿会不会来，就在他等待的情绪中，冰儿没来，阿紫却来了。

"慕唐，"阿紫一进门就说，"我可不可以和你谈一谈？"

"哦，当然可以！"他说，很高兴阿紫来了。

这几天，他一直劝冰儿和阿紫和好，不要怄气，冰儿总是叹口长气说："如果是怄气，就好办了。你知道我这个人生气也生不长的，问题是，我们还是讲话，还是一起上班，就是没有以前那种欢乐了。"他想，两个女孩子在基础上还是有深厚的友谊，只是，在此时此刻，那种"僵局"尚未打开而已。现在，阿紫来了，只要冰儿一到，他一定想办法把两人拉去吃饭，喝一点酒，说不定两人一高兴，来个"剪刀、石头、布"就把所有的不愉快都抛开了。

"阿紫！"他好高兴地说，"坐吧，我给你先拿杯咖啡，等冰儿来了，我们一起去好好地吃一顿，你不是最爱吃海鲜吗？我请你们去叙香园。"

"哦，"阿紫愣了愣，脸色有些不安，"冰儿马上会来吗？"她问。

"应该会来吧！"

她站在那儿发怔，摇摇头，她说："算了，我走了。"

他很快地拦住她，笑着："你不是有话要和我谈吗？"

"改天吧！"

"别走！"他热情地说，"你们之间是怎么了？何苦弄成这样？阿紫，冰儿每天谈到你就很难过，其实，她一点都没有怪你……"

阿紫抬起头来，紧紧地盯着他，神色有点怪异。

"慕唐！"她打断了他，"你和冰儿，在谈恋爱了吗？"她忽然问。

"哦！"他居然有些腼腆起来，"我……我想是。"

"什么你想是？到底是不是？"阿紫率直地问，语气中有几分莫名其妙的火药味。

"是。"他只得坦白地回答。

"慕唐!"她惊诧地喊了一声,"你不觉得这太突然了吗?你不觉得这根本不可能吗?你不觉得这事太离谱了吗?你不觉得……"她一连串地问,声音抬高了。她看来非常恼怒。

"慢一点。"慕唐插嘴,背脊不由自主地挺直了,"你认为我不该和冰儿恋爱吗?"他瞪着她,"是我配不上她?我冒犯了她?我高攀了她?"

"不是!"阿紫焦灼地跺跺脚,"你……你……你应该改个名字叫李荒唐!这事根本就荒唐!"

"为什么?"他也有了几分火气,"徐世楚可以爱冰儿,而我不能!因为我的分数不如徐世楚吗?"

"不是!"阿紫叫了起来,瞪着他,"你难道不知道,冰儿和徐世楚只是闹别扭,他们三天以后就会讲和,那时候,你这个笨蛋要如何自处?"

"不,不。"慕唐急急地说,"阿紫,你怎么没进入情况,那小子不是爱上你了吗?这几天你们难道没有约会,难道不在一起吗?"

"我从没和徐世楚约会过!"阿紫涨红了脸,眼中竟闪起了泪光,"这几天,我根本没见过徐世楚的面!他那天和冰儿吵架,他故意扯上我,是……是……"她有些气急地说,"是存心要让冰儿伤心的!他们每次吵架,彼此都会找最绝的话来说、最绝的事来做,这……根本算不了什么。但是,你……你这个傻瓜,为什么不置身事外，冷眼旁观呢？你……你……为什么要去招惹冰儿呢？"

"等一等，"他说，"你的意思是说，我不该乘虚而入？"

阿紫瞅了他几秒钟，憋着气不说话。

"阿紫！"他想了想，认真地、坦白地、诚恳地说，"我懂你的意思了。你希望恢复以前的局面，你认为徐世楚和冰儿还有希望重修旧好，你认为我把情况搅乱了。但是，阿紫，每个人都有自己的感情，坦白说，我对冰儿，是情不自已。或者，我们发展得太快了，或者，是太突然了，可是，一切已经发生了。至于冰儿和徐世楚，我相信他们之间完全结束了。你说我乘虚而入也罢，你说我乘人之危也罢，我反正——爱上冰儿了。"阿紫一瞬也不瞬地看他。半晌，才迟疑地问："爱她……有多深？"

"唉！"他叹口气，"我不想对感情的事说得太夸张，我一向就没有经过什么轰轰烈烈、惊心动魄的爱情，也不相信有这种爱情，更不会料到，自己会有这种爱情。但是，现在，"他耸耸肩，"怎么说呢？说什么呢？阿紫——"他回视着她，郑重而严肃地说，"我爱冰儿，更胜于爱我自己的生命。"

阿紫深深地吸了一口气。

"我的天！"她跌坐在沙发里。

"怎么了？阿紫？"他困惑地，"你不为我和冰儿高兴吗？最起码，冰儿不再为徐世楚而痛苦，你不觉得她最近活得比较快乐吗？是不是？"

阿紫咬了咬嘴唇。"好吧！"她终于说，"我想，我赞不赞成根本于事无补，反正，事情已经是这个样子了。慕唐，我说什么话都没用了，我只有祝福你！"她站了起来，转身往门外冲，"我走了！你……好自为之！"她几乎一头撞到正推门进来的冰儿身上。

"嗨！"冰儿惊愕地叫，"阿紫！"

阿紫收住了脚步。"我正要走，"阿紫匆忙地说，"再见！"

冰儿很快地靠在玻璃门上，挡住了阿紫的去路。她唇边浮起一个软弱而乞求的笑。

"你走到哪儿去？"她问，"徐世楚那儿吗？"

阿紫站住了，盯着冰儿。

"我刚才就在和慕唐谈这件事，"阿紫说，"我从没有和徐世楚约会过。自从你们吵架那天起，我也没有再见到过徐世楚，假若我说谎……"她越说越激动，"我就被天打雷劈！"

"算了算了！"冰儿慌忙说，"你干吗这样激动？即使你有，我也不生气了！"

"可是我没有！"阿紫更激动了，脸涨得通红，"我跟你说我没有就没有！我真不懂怎么会发生这种事。"

冰儿注视了她一会儿，很快地，她伸出胳膊去，亲切地揽住了阿紫的腰，她靠近阿紫，低俯着头，悄声地、愉快地、亲昵地说："我告诉你，阿紫，现在一切的局面都变了！"抬起头来，她注视着李慕唐，有些腼腆地问：

"慕唐，你有没有告诉她，我们俩的事？"

"哦，"李慕唐应着，"是的，我都说了！"

"瞧！"冰儿笑吟吟地转向阿紫，脸颊微微地泛着红晕，带着三分羞怯和七分喜悦，她丝毫也不掩饰自己的感情，坦率地说，"阿紫，我们之间再也没有阴影了。我现在好快乐、好幸福，这种感情，是我和徐世楚在一起时，从来没有过的。世楚和我，好像在燃烧生命，虽然热烈，却烧得彼此都痛楚。这一点，你一直亲眼目睹，相信你会懂的。至于慕唐，"她顿了顿，收起笑容，她诚恳、真挚，而慎重地说，"他不同，他稳重平和、深刻细腻，他使我觉得安宁、平静，充满了幸福感和安全感。我想……这才是一个女人真正追求的感情！"

慕唐屏息片刻，感到胸口热烘烘的。冰儿啊！谢谢你坚定了我的立场！阿紫深深地凝视冰儿，认真地急切地问：

"真的吗？冰儿？你真觉得幸福吗？你真觉得不再在乎徐世楚了吗？"

冰儿想了想。"那道伤痕还在。"她说，"但是，它会慢慢消失的。套一句慕唐的术语，每条伤口总有伤痕。

可是，它会好的！总之，"她挺了挺肩，扬高了声音说，"我不是活得好好的吗？我不是活得很快乐吗？"

"哇！"阿紫忽然高兴了，她终于接受了这新的事实。也终于开颜而笑了，"太好了！冰儿，这太好了！"她又转头看慕唐，似乎好不容易，总算承认慕唐了。她笑着说："为了这种转变，为了这份新的爱情，我们是不是应该——去好好地庆祝一下？"

"所以我说——"慕唐这才笑了起来，"我们去吃海鲜，喝一点酒！"

"走哇！"冰儿叫，奔过来，不由分说地，用左手挽着阿紫，右手挽着慕唐，兴冲冲地喊，"我们去叙香园，我最爱吃那儿的螃蟹！"

快乐的时光，似乎又回来了。虽然局面和以前已大不相同。慕唐看到两个女孩又恢复了友谊，他心中充满了欢愉和幸福感，他根本没有心思，去想那个徐世楚了。

第九章

这确实是个令人难忘的周末。

他们三个，吃了一顿极丰富的午餐，李慕唐和冰儿都吃得很多，只有阿紫，她似乎还没有完全从那份"阴影"中解脱出来，她始终有点勉强，有点忧愁，有点怀疑。吃饭的时候，她常常悄眼打量冰儿和慕唐，好像希望从他们的脸上，证实一些什么。为了提高大家的兴致，慕唐叫了一瓶酒，为了不让大家太忘形，他提议浅酌为止。于是，大家都喝了点酒，大家都有了些酒意，气氛立刻就放松了。冰儿变得非常健谈起来，拉着阿紫，她不停口地说："阿紫，你不知道慕唐有多好，他教了我许多我以前根本不知道的东西，站在他面前，我总觉得自己好渺小，他博学、深奥。你必须花费一些时间，才能了解他……"

"嗯，哼！"慕唐清着嗓子，对冰儿这种毫不掩饰感情的作风，他依然不能适应：过度的夸奖，反而使他尴尬起来。"冰儿，你又来了！"他说，"你太夸张了！"

"你是的！"冰儿热心地说，"我没有夸张！"

"好，好，好！"慕唐安抚地，"你要不要吃鱼头？"

"哇！我最爱吃鱼头了，阿紫，我们分着吃！"

慕唐把鱼头一剖为二，分给了冰儿和阿紫。

阿紫啃着鱼头，一边吃，一边盯着冰儿和慕唐，她说："冰儿，真好，对你而言，这真是'绝地逢生'啊！"

怎么，这语气有点酸溜溜呢！

"不，阿紫。"冰儿忽然一本正经地，正色地说，"这几天，我一直在研究我自己，我有一份新的发现。我觉得，我一定在很久以前，就爱上慕唐了，只是我自己并不知道。否则，怎么可能在三天中，我对他就难舍难分了？我总记得我第一次走进他的诊所，他就那样从容不迫地、安详地坐在那儿，像是我的保护神。以后，我们四个总在一块儿玩，他永远扮演不同的角色：我的救命者、我的倾听者、我的安慰者、我的陪伴者……啊，阿紫，你想想看，假若有个男人，在你生命中能扮演这么几种角色，你还能不爱上他吗？你能吗？"

慕唐不能抑制自己的感动，他用崭新的眼光凝视冰儿。冰儿啊，你真让我心醉！阿紫听傻了。她再度看看冰儿，又看看慕唐。

"这就是冰儿！"她忽然说，"慕唐，我对你说过，冰儿的生命是轰轰烈烈的，你听她说的就知道，她再度爱得轰轰烈烈，慕唐啊，你要把冰儿抓得牢牢的，保护得好好的，不要让她再受伤。同时，小心啊！也不要让你自己受伤……"

"阿紫，你放心！"冰儿笑了，"慕唐是医生，他会防止我受伤的。何况，他和徐世楚不同，他太善良了，他根本不会伤害我……"她转向慕唐，认真地问："你会伤害我吗？"

"很可能会。"慕唐诚实地回答，"坦白说，我还真怕我会伤害了你。"

"怎会呢？怎会呢？"冰儿急切地说，"你是看到一只小蚂蚁受伤，也会急急忙忙跑过去帮它裹伤口的！"

"瞧！"慕唐说，"就由于你这种本性，使我害怕我会伤害了你。你太一厢情愿地往好处去想，往你自己希望的方向去想。换言之，你美化你所看到的、你所接触到的一切。你也把我理想化了。冰儿，我只是一个人，凡是人，都有缺点。我怕……有一天，你发现我的缺点时，你就会受到伤害了！"

"不、不、不！"冰儿一迭声地说，大大地摇着头，"每个人的缺点与优点，并不是绝对的。你的缺点，对别人说，可能是缺点，对我来说，可能刚好是优点，人与人彼此吸引，不见得都是被对方的优点吸引，有时，很可能是被对方的缺点吸引。当你被对方的缺点吸引时，那项缺点，就变成优点了。"她深深注视他，压低了声音，诚挚地说，"放心，我不会被你的缺点伤害，真的！倒是你……"她有些犹豫，"会被我的缺点伤害吗？"

"你？"慕唐睁大了眼睛，笑着问，"居然有——缺点吗？"他打量着她，点了点头，"嗯，"他煞有介事地说，"嘴唇边上少了一颗美人痣，就缺这么一点！"

"哇！"冰儿大笑，几乎滚到阿紫怀里去。她用手拉着阿紫，笑着嚷，"你看！这个人平常正经八百的，说起笑话来还真幽默！"

阿紫看看冰儿，又看看慕唐，看来看去的。忽然，她提议说："你们何不去公证结婚算了！"

冰儿愣了愣，看着阿紫。

"结婚。"她嘟囔着，"太早了吧！"

"一点也不早，"阿紫兴致来了，热烈地说，"你们既然能在三天之内，爱得深深切切，把缺点都变成优点！你们就能闪电结婚！你们结婚，我负责找证人，其实，证人也不必找了，我和朱珠来当吧！一个阿紫，一个阿朱，正好当你们的结婚证人！怎样？闪电结婚有诸多优点，最大的一项，是避免——夜长梦多！"

慕唐心头一凛，注视阿紫，感到她的话颇有道理，不禁怦然心动。他再看冰儿，笑着说："很不错的提议，你觉得呢？"

冰儿怔了怔，面色有些迟疑，她凝视慕唐，犹豫地问："你是认真的吗？！"

"当然。"

"可是……可是……"冰儿不安地沉吟了一会儿，"你连结婚这种大事，都不需要经过你父母的同意吗？"

"结婚，是我个人的事。"李慕唐由衷地说，"我父母同意与不同意，我都会照我个人的意愿去做。可是，在礼貌上，你当然应该先跟我回台中，去让我父母认识认识，我也应该跟你回高雄……"

"哦哦，"冰儿率直地打断了他，"这就是我所不能忍受的事！"她忽然有些烦躁、有些忧愁起来，"我就是不能忍受这些世俗的事，属于婚姻的许多事，都让我受不了！包括要拜见双方的亲友，要认识一些新的人，要举行仪式……甚至婚后的柴米油盐、生儿育女！哦……"她脸上的笑容完全隐去了，一片阴霾悄悄地袭过来，罩住了那对晶亮的眸子。她看来娇嫩怯弱，茫然无助。"你看，"她低低地说，"这就是我的缺点！我想，徐世楚有句话是讲对了，我还没有长大！"

哦哦，这种时刻，是不能让徐世楚的阴影遮进来的，这种时刻，是不允许任何阴影遮进来的！李慕唐慌忙扑过身子去，把手安慰地、温柔地盖在她的手背上。

"听着！冰儿。"他恳切地盯着她，"我完全了解你所害怕的那些东西，那些，并不是只有你一个人怕，很多人都会怕。冰儿，在你的心理准备没有完成以前，我再也不和你谈婚姻。我之所以赞成阿紫的提议，只是要告诉你，我的决心和感情。不管怎样，在我这方面，我是义无反顾了。"

"但是……但是……"冰儿结舌地、焦灼地、不安地说，"你会等我吗？等我长大？等我做好心理准备？"

"是！"他更加恳切与温柔了，"不过，也不要让我等得太久。"

"多久算太久？"

"例如一百年、两百年的。"李慕唐笑了，"人的寿命没有那么长。只有文学家会用'天长地久'这种句子，我不跟你说天长地久，因为，那时候我们都已经变成了泥土，我不相信泥土和泥土还会谈恋爱！"

冰儿脸色一亮，阴霾尽去。她大笑起来。

"慕唐，我发现你这人，是很会说话的。而且，你的反应好敏锐，思想好深刻。说真的，慕唐，你会不会觉得我很肤浅呢？"

"肤浅？你怎会用这两个字呢？"

"因为，我对自己，毫无自信。"

"钻石从不知道自己在发亮！"

"啊呀！"阿紫终于忍无可忍地叫了起来："我觉得我在这儿有点多余！听这种谈话会让我有自卑感！我看，我提前告退好吗？"

"不许不许!"冰儿抓住了她,笑着,"好不容易,我们又这么开心了,你怎能走?"

"那么,"阿紫笑嘻嘻地转向慕唐,眼睛里盛满了赞许与欢迎。直到此刻,她似乎才接受了慕唐爱冰儿的这个事实,"你也说一点好听的给我听好吗?她是钻石,我是什么?"

"你也是钻石。"

"碎钻?"阿紫挑着眉毛问,"为了镶嵌钻石用的?为了陪衬钻石用的?"

"哦呀!"慕唐叫了起来,"我投降了,我提议,我们去看场电影好吗?我现在才知道,两个女人加起来的唇枪舌剑,足以把人五马分尸。"他站了起来,"走吧!到电影街去逛逛!"

两个女生都笑了。一份和谐的、欢愉的气氛,在三人间弥漫开来。那天,大家都很开心,他们去逛了街,两位女士都买了些穿的戴的,然后,又看了一场电影《阿玛迪斯》。冰儿对电影非常入迷,看完了,还不住地叹着气,悼念着电影里的莫扎特,说:"世界上所有的天才,都被庸才谋杀了!"

李慕唐惊愕地看着冰儿,对她那敏锐透彻的"领悟力"由衷佩服,他不禁更深切更深切地爱着冰儿了。

看完电影,天色已晚,他们又在外面吃了一顿简单的晚餐,由于中午吃得太饱,大家的胃口都不大,叫了三碗牛肉面就解决了。晚饭后，冰儿一手挽着慕唐，一手挽着阿紫，诚恳地说："今晚，我们一定要到女生宿舍去，把那间'宿舍'里的气氛，转回成一个'家'。"

阿紫不知道"宿舍"和"家"的典故，却在冰儿的温柔下，慕唐的微笑下，高高兴兴地同意了。

当然，那时候，他们谁也没料到，那"家"里面，等待着他们的是什么。进了白云大厦，上了四楼，是阿紫拿出钥匙，打开大门的。门一开，屋外的三个人都怔住了。

屋内，一片花海。花，把什么都盖住了。地毯上放着一盆一盆的花，桌上，插着一瓶一瓶的花，天花板上，吊着一篮一篮的花，墙壁上，贴着一朵一朵的花，窗帘上，挂着一串一串的花……什么都是花，这还没什么了不起，这些花分别有玫瑰、月季、姜花、百合、绣线菊、君子兰……各种品种的花，但是，每一朵都是桃红色的！

在那些花堆中，站着的是徐世楚，他正拿着一罐喷漆，把一盆马蹄莲喷成桃红色，原来，那些桃红色的花，都是这样出来的。他自己光着胳膊，穿着件白色的背心，背心前面，用桃红色喷漆喷了"我是罪人"四个字，背心后面，用喷漆喷了"请原谅我"四个字。

听到房门响，这位"罪人"飞快地抬起头来，大声叫着：

"哇！原来你们三个人在一起，怎么这么晚才回来？

我下午打电话来，左打也没人接，右打也没人接，我只好自己过来等你们，一面等，一面就弄一点儿室内设计。谁知道，你们三个谁也不回来，我已经弄了整个下午了！"他弯下腰，把地毯上的花盆左推右推，清出了一条"走道"，他就笑着弯腰说："各位请进！"

冰儿和阿紫面面相觑，一声不响地走了进去。

李慕唐的情绪，一时间十分复杂。对室内的花海，他有些啼笑皆非的感觉，对面前那个"罪人"，他有点嫉妒，因为他有这间幻想屋的钥匙。他又有点同情，有点戒备，还有点"犯罪感"。可是，他却不能不面对这室内的一切，于是，他也走进去了。大门合上，室内充塞着花香，和喷漆的味道。

徐世楚很忙，他放下了喷漆，转身就往浴室走。一会儿以后，他从浴室中端出一个大水盆，水盆中有几乎满盆的水，水面漂着一朵一朵的玫瑰花，全是标准的桃红色。他就双手捧着这盆玫瑰，站在冰儿面前，赔着一脸的笑，说：

"原谅我！否则，我就把这盆'玫瑰夺魂汤'喝下去！顺便告诉你，真的买不着桃红色的玫瑰，这盆子里面，是我用白玫瑰喷漆的！所以，喝下去大概……"他笑着，"大概真的会一命呜呼。"冰儿僵在那儿，脸上的表情瞬息万变。这种场合，显然让她有点儿不知所措。阿紫及时走上去解围了，她一伸手，就接过了徐世楚手中的水盆，她把水盆端到浴室，倒进马桶里，连花瓣带油漆，都被她哗啦啦地冲掉了。折回到客厅里来，阿紫正色说："徐世楚，别再玩这种小孩的玩意儿，大家都老大不小了，你愿不愿意坐下来，我们四个人好好谈谈！"

"好啊！"徐世楚仍然在笑，眼光盯着冰儿，"可是，冰儿，你原谅我了吗？"

冰儿的眼光无法直视他，她低下头去，一地的花朵使她又慌忙转换视线，墙上也是花，她再转头，桌上也是花，窗上也是花。"你……"她喃喃地说，"是个疯子！"

"是啊！"徐世楚接口，"你总不能生一个疯子的气，对不对？"

冰儿脸色更加尴尬，李慕唐觉得自己不能不挺身而出了，他走上前去，挽住冰儿的腰，清晰地说：

"我想，冰儿早就原谅你了！"

徐世楚眉头一松，唇边立即绽开了一个毫无心机的笑。他伸出手去，热情地、用力地拍着李慕唐的肩膀，大声地、快活地、豪放地说："慕唐，谢谢你，好朋友的用处就在这种地方！你一定在冰儿面前讲了我许多好话，否则，冰儿怎么会这么容易就原谅我！"他笑嘻嘻地伸手去拉冰儿的手，"冰儿，这几天，真漫长得像几千几万个世纪！我不只对不起你，我还对不起阿紫……"他对阿紫深深一鞠躬，"总之，我是疯子，请各位多多包涵！慕唐，改天我到你诊所去，你开点药给我吃，治治我的疯病，免得我总是犯错……"他发现冰儿退后了两步，就逼过去，伸出双臂，预备给冰儿一个大大的拥抱，"冰儿，不要拒人于千里之远，不要板起你那张漂亮的脸孔！来……"他扑过去。冰儿往旁边一闪，脚下被花盆一绊，差点摔一大跤，慕唐伸出手去，冰儿就趁势偎进了李慕唐的怀里。

"徐世楚，你坐下来，我们有话要谈！"阿紫喊着，有点焦急。

"世楚，"李慕唐拥紧了冰儿，急促地接口，"请不要激动，我也有话跟你说……"

"哦？"徐世楚有点怀疑了，他站住了，凝视冰儿。"冰儿！"他柔声呼唤，"你怎么不说话呢？你今天请了很多代言人吗？"

冰儿把头埋向慕唐的怀里。

"慕唐，"冰儿低语，"你告诉他吧！"

"喂！冰儿！"徐世楚的脸发白了，他大声叫着，"你有什么话，你自己对我说，不必要别人转达，我们之间，用不着第三者传话！"

冰儿终于抬起头来，背脊也挺直了。"你不是说，我们之间已经结束了吗？"她说，眼睛深幽幽地闪着光，"你不是说，我是个长不大的孩子吗？"

"哦，那个话呀！"徐世楚耸耸肩，"那是疯子说的！我刚刚不是已经解释过了吗？一个犯了罪的疯子说的，那种话你怎能认真？你以前也跟我说过结束了，难道我们就真的结束了？吵架的时候，大家都是口不择言的……"

"可是，"冰儿的声音低而清晰，"你……来晚了，太晚了。"

"什么意思？"徐世楚的脸色更白了。

冰儿偎进了李慕唐的怀里，把面颊几乎藏进慕唐的肩头，她悄语着："慕唐，还是你跟他说吧！"

李慕唐不由自主地挽紧了冰儿，直视着徐世楚，他清楚地、一个字一个字地说："徐世楚，我和冰儿恋爱了！"

室内安静了几秒钟，冰儿更紧地偎向李慕唐，她的身子在微微颤抖着。徐世楚的目光，直勾勾地落在李慕唐脸上了。

"假的！"他说。

"真的！"慕唐说。

"假的！"

"真的！"

徐世楚重重地呼吸，胸腔剧烈地起伏着，他死死地盯着李慕唐和冰儿，嘴里却叫：

"阿紫！"

"唉！"阿紫本能地应着。

"你说，这是怎么回事？"

"哦，"阿紫咽了一下口水，"我想，他们是真的。"她困难而艰涩地说，"他们是……很认真很认真地恋爱了！"

"恋爱？"徐世楚打鼻子里哼着，"在三天以内？恋爱原来如此容易啊！"

"你应该比我更了解恋爱有多么容易……"冰儿轻哼着说。

徐世楚忽然一个箭步，走上前去，就伸手要抓冰儿的肩膀，李慕唐看他来势汹汹，慌忙拦在前面，一把握住了徐世楚的手，大声地说："你不许碰她！以前，她是你的女友，你要怎样我管不着，现在，她是我的女友，请你对她保持距离和尊敬！我知道这事情听起来荒唐，对你也是个意外和打击，但是，每个人都必须面对已经发生的事实。徐世楚，我抱歉，我必须很坦白地告诉你，我爱冰儿胜于一切……"

"伟大！"徐世楚打断了他，大吼着，声如洪钟，连天花板都震动了，"这是什么时代？三天以内，爱人背叛你！朋友欺骗你！这是什么时代！"他提起脚来，用力对面前的花盆一踢，一连串的花盆乒乒乓乓地倒了下去，他开始在房间里乱跳，像个负伤的野兽，每跳一下，就踩碎一个花盆，因此，是跳得铿然有声的。然后，他停在墙边，越来越愤怒，他握着拳，狠狠地对墙上捶下去，桃红色的花瓣纷纷下坠……像一片花雨。他不住地、不停地捶着墙，花瓣就不住地、不停地飘坠下来。但是，玫瑰花梗上多刺，只一会儿，他的拳头已沁出血迹来。

冰儿悄眼看过去，不禁失声叫了出来："你出血了！不要捶了！"

徐世楚倏然回头，眼睛里充着血，脸颊涨得通红，他一直问到冰儿脸上去："你心痛吗？我出血你会心痛吗？你敢说你已经变了心？你敢说你不再爱我吗？"

冰儿慌张后退，又躲进李慕唐怀里去了。

"徐世楚！"阿紫跑过来，用力拉住了徐世楚，"徐世楚！"她大声喊着，"男子汉大丈夫，应该提得起，放得下啊！"

徐世楚站住了，他凝视着阿紫。好半天，不动也不说话。

"阿紫，"他终于开了口，低沉地哼着，像只斗败了的公鸡，"连你也这么说了吗？连你也这么说了！那么，我是真的失去冰儿了？"说完，他垂着头，拖着脚步，沉重地、沮丧地、一步一步地走向门口，拉开门，他走出去了。

屋内的三个人，对着一屋子的花海，谁都说不出话来了。

第十章

这一夜，李慕唐是在"幻想屋"的沙发上睡的。

事情的经过是这样。当徐世楚走了以后，他就一直留在冰儿那边，帮两个女孩子清理那花海的残局。把花盆搬到阳台上去，把墙上的花一朵朵摘下，把窗帘上、天花板上、吊灯上的花串取下来，再把桌上铺成英文字LOVE的花朵全部清除……这工作做起来并不慢，"破坏"一向要比"建设"容易得多。但，在做这些工作的时候，不知道为了什么，三个人都非常安静，谁也不开口，好像一开口就会说错话似的。

大约一点左右，电话铃蓦然狂鸣，使三个人都惊跳起来。阿紫看了冰儿一眼，冰儿正埋头在沙发上，不知道在干什么，大约在找有没有残留的大头钉。电话铃使她震动了一下，她却不去接电话，于是，阿紫只好去接了。

"喂，徐世楚，"阿紫轻声地说，"拜托拜托，别再打扰我们了，我们要睡觉了！"对方不知道说了些什么，阿紫无可奈何地回过头来，对冰儿说，"冰儿！你的电话，你自己来处理！"

冰儿犹疑了一下，不想去接。

"冰儿，"李慕唐开口了，"你无法躲他一辈子，总之，你要面对他的。"

冰儿过去了，拿起了听筒，她只"喂"了一声，就沉默了，只是拿着听筒听着，听着听着，她的脸色就变了，眼珠深沉而湿润了起来，嘴唇微微地颤抖着。然后，她很快地就挂掉了电话，把头扑在电话机上。

"怎么了？他侮辱你吗？"李慕唐关心地问，走过去，他扶起冰儿的头，这才发现她满面泪痕。李慕唐吃了一惊，慌忙用化妆纸帮她拭着，一面急急地问："他骂你了？他说了很难听的话，是不是？"冰儿摇摇头，还来不及说什么，电话铃又响了，冰儿拿起听筒，只听了两秒钟，就再度挂断。她低下头去，泪珠成串地滚落在衣襟上，她拿着一沓化妆纸，紧紧地捂住自己的嘴，防止自己痛哭失声。但是，泪珠却不听使唤地、疯狂地奔流在脸上。这种情况，绞痛了李慕唐的神经，使他的五脏六腑，都跟着痛楚起来，他坐在冰儿面前，用双手紧握着她的双臂，焦灼地说："为什么不跟他说话呢？为什么不简单地告诉他，你不再听他的电话？"冰儿摇头，只是一个劲儿地摇头。

电话铃又响了，这次，李慕唐不等冰儿伸手，就飞快地拿起了听筒。他正想对听筒说点什么，却听到对面传来叮叮当当的音乐声，和清脆悦耳的歌声，这歌声不是别人的，而是冰儿的！她正温柔地、充满感情地唱着：

> 就这样陪着你走遍天之涯，
>
> 踏碎了万重山有你才有家，
>
> 就这样陪着你走遍天之涯，
>
> 踏破了岁与月黑发变白发……

他愕然地看她，冰儿终于哭起来了，她一面哭，一面抽噎着说："是录音带，那时，大家那么要好，我用卡拉OK录给他的！他就一直在电话里放录音带……"

阿紫走过来了，她拔掉了电话的插头，说：

"这样就好了，别再受他的电话骚扰，大家都早点睡觉吧！好不好？"

电话铃终于不响了。李慕唐注视着冰儿，一时之间，心里竟像打翻了调味瓶，简直不知道是什么滋味。冰儿坐在那儿哭，眼泪不是为他流。他沉吟地坐着，连一句安慰的话都说不出口，抬起眼，他下意识地看着窗子，窗子上，还有一瓶桃红色的马蹄莲，天下居然有桃红色的马蹄莲，他突然觉得自己痛恨起桃红色来。

"慕唐，"阿紫拍了拍他的肩，解人地说，"你要给冰儿时间，感情的事，毕竟不像电灯开关，说开就开，说关就关。冰儿和徐世楚交往已久，共有的回忆实在太多，如今一下子砍断，总有伤口，总会疼痛。你是医生，应该很了解的，对不对？"

他是笨医生，他想。即使了解，也觉嫉妒。

"冰儿，"阿紫又去拍冰儿的肩，"别哭了。徐世楚这种发疯的情形，你又不是第一次看到，应该早就有心理准备才对。你让他发几天疯，根本不要去理他，我保证，没多久他就会收兵了。好了，冰儿，你应该早就坚定了自己的立场，别哭了！"冰儿仍然在哭。慕唐仍然无话可说。阿紫似乎也技穷了。室内安静了好一会儿，房间里静悄悄的，只有冰儿在压抑地抽噎着。李慕唐终于站起身子，说：

"我走了，你们早些睡吧！"

阿紫吃惊似的抬起头来，忽然大声叫：

"冰儿！你还哭什么哭！你再哭慕唐就生气了！哪有一个女孩子，在新男友面前为旧男友哭？你让慕唐置身何地？"

慕唐惊异地看阿紫，多么善解人意的女孩！她把他的心事，全叫出来了。冰儿蓦地被唤醒了，她抬头惶恐地看着慕唐，接着，她就跳起身子，直奔过来，飞快地投进了慕唐的怀里，她把满是泪痕的脸孔埋在慕唐肩上，辗转地摇着脑袋，双手紧紧地环住慕唐的腰，不住口地说：

"慕唐，你不要跟我生气，请你，请你不要跟我生气！我哭，实在是忍不住，我不知道自己是怎么回事，你千万不要生气……如果连你也跟我生气，我真……真是活不成了！"

他用手抚摸她那短短的头发，深吸了口气，他说：

"哭吧！冰儿。你生来多情，如果你对这么长久的一段情不追悼、不掉泪，你就太寡情了。我了解的，冰儿，你哭吧，我不会生气。只是很心痛，看你流泪，不管为了什么，我一定心痛，因为——"他很碍口地说，"我是这么深切地爱你！"

她的手臂在他腰上一紧，她的脸在他肩头埋得更深了，她呜咽着说："你这样说，我更要哭了！呜……"她哭着，把他肩上的衣服弄得湿漉漉的，"慕唐，我是这样一个爱哭的、不实际的、长不大的小女孩，实在不值得你对我这么好，假若有一天，我做了对不起你的事……"他的背脊一挺，寒意兜心而起。

"为什么要说这种话？"他打断了她，"你今晚太累了，你的情绪太激动了……"

"可是，"她固执地说，"我很坏，是不是？我觉得我很坏，也很可怕。你瞧，我让徐世楚痛苦，我也让你痛苦，我……弄得自己也很痛苦……"

"冰儿，"他柔声唤，"去洗个澡，睡一觉，明天又是新的一天，什么都会好转的！"

她的头从他肩上抬了起来，她的眼睛已经哭肿了，脸颊都被泪水洗得亮亮的。她深深地注视他，担忧地说：

"你——确定你没生我的气吗？"

"我确定。"

她再看了他两秒钟。"好，"她说，"我听你的话，去洗澡睡觉。明天是星期天，你一早就过来，好不好？我……我……"她嗫嚅着，"我有些怕那个疯子会跑来……"

他推开冰儿，走回沙发。"你们去洗澡睡觉，"他说，"我睡沙发。"

阿紫笑着走了过来。"慕唐，你不能永远睡我家的沙发，对不对？"她说，"如果冰儿的感情，要依赖你睡沙发来稳定的话，也未免太累人了！"她推着李慕唐，"去吧，你回去！这样大家才能睡得好！"

冰儿想了想，叹口气，她也推着他：

"是的，你不能天天守着我呀！如果有事，也需要我自己面对！你去吧！放心！徐世楚不会再把我拐走了！你去吧！"

可是，他不能走。他想着那疯疯癫癫的徐世楚，想着那哭哭啼啼的冰儿，想着柔弱善良的阿紫，他不能走。

叹口气，他坚定地说："你们就让我今晚睡一夜沙发吧，睡在这儿，我比较安心，否则，我怎么睡得着！"于是，两个女孩子不再坚持了，她们为他捧来了棉被、枕头，又把两张单人沙发也拼过来，为他布置了一张床。阿紫先回房去睡了，两个女孩各有各的卧房。冰儿还在沙发前腻了好一会儿。她不哭了，吻着李慕唐的额头，她低语：

"我爱你。"他的心脏狂跳，不能不伸出手去，把她整个人拉入怀中，狂热而猛烈地吻她，在她耳畔不停地说：

"要拿出勇气，冰儿，要下定决心，冰儿，要衡量你内心深处，感情的比重。"

"我不用衡量。"她低语，"我整个身心都偏向你。我只是觉得自己变得太快了，如此善变，使我自己都害怕。不过，换言之，"她瞅着他，深思地说，"责任在你，是不是？"

"在我？"

"是啊，你如此优秀，如此稳重，如此体贴，如此温柔，如此博学，又如此多情……你像一块大磁铁，把我牢牢地、强而有力地吸过去。所以，不是我善变，是我不该遇到你！"

啊！冰儿啊！你真让我心醉！

"我没有你说的百分之一好！"他说，"冰儿，千万别把你的幻想遮盖在我身上，那是好危险的事。许多人都会爱上某个人，就爱得如疯如狂，结果，是爱上了自己的幻想。"

"徐世楚。"她低语。

"哦？"他不解地。

"我知道了，"她忽然恍然大悟地说，"这些年来，我大概根本没爱过徐世楚，他是我的幻想。他一直会去做一些我幻想中的事，浪漫的、不切实际的、孩子气的甚至疯狂的事……于是，我就昏昏沉沉地爱上他了。现在想来，我爱的是他所做的那些事，并不是他本人！对于他本人……对于他本人……"她深思着，沉默了片刻，终于坚定地抬起头，眼睛闪烁地发着光彩，"瞧！我对于他本人，根本一点了解都没有！"

"是吗？"李慕唐问，握紧了冰儿的手。

"是。"她仔细想着，面孔真挚而坦白，"我不了解他的工作，不了解他的思想，不了解他交的朋友，不了解他的家庭，甚至，不了解他的个性。最可怕的是，在今晚以前，我甚至没想过，应该去寻求彼此的了解，我只是跟着他，做一些疯狂而幼稚的事……"她叹了口长长的气，正视他，"我懂了，我终于懂了。"

"真懂了吗？"他深沉地看她。

"就算不是完全懂，也懂了一部分。"她微笑了起来，好珍贵的微笑，"你对我要有耐心，慢慢地'教育'我，嗯?"站起身来,她再说,"睡一下吧,天都快亮了,明天,我们再继续讨论!"一转身,她回房间去了。

但是,他躺在沙发上面,却彻夜失眠了。睁着眼睛,他眼睁睁地看着窗子发白,心里一直萦绕着冰儿、徐世楚,还有阿紫的影子,脑子里一直回荡着他们的声音,冰儿说:

"……他安详地坐在那儿,像我的保护神……他永远扮演不同的角色:我的救命者,我的倾听者,我的安慰者,我的陪伴者,假若有个男人,在你生命中能扮演这么几种角色,你还能不爱上他吗?……"徐世楚说:"这是什么时代?三天以内,爱人背叛你,朋友欺骗你,这是什么时代?"而阿紫,她在深刻地叮咛着:"慕唐啊,你要把冰儿抓得牢牢的,保护得好好的,不要让她再受伤。同时,小心啊,也不要让你自己受伤……"

然后,又是冰儿的声音:

"……你是一大片草原,绿油油的,广大、平实,而充满了生机。……当我在天空飘得快掉下来了,我就直奔向你这片草原……"

接着,又是徐世楚的声音:

"好朋友的用处就在这种地方!你一定在冰儿面前讲了我许多好话,否则冰儿怎么会这么容易就原谅我……"

阿紫的声音:"你难道不知道,冰儿和徐世楚只是闹别扭,他们三天以后就会讲和,那时候,你这个笨蛋要如何自处……"

他的头发晕，背脊上冒着冷汗，那三个人的声音，此起彼落地在他耳中喧嚷着，嚷得他神思恍惚，心情凌乱。到天快亮的时候，他恍恍惚惚地睡着了。梦中，徐世楚全身披挂着桃红色的羽毛，像只桃红色的大鸟，飞到他面前来，笑嘻嘻地说："冰儿喜欢桃红色，你瞧，我把天上的白云，都漆成桃红色了！"他看过去，满天空都飘着桃红色的云，一朵一朵，一层一层，桃红色的云海。然后，冰儿来了，她的短发也染成桃红色了，她的衣服也染成桃红色了，连皮肤都是桃红色了。她还骑着一匹桃红色的骏马，她策马飞奔而来，扬着一连串清脆的笑声，对他嚷着："我刚刚跑过了一片绿色的大草原，现在，我要到桃红色的云上去飘一飘了！"她才说完，徐世楚那只桃红色的大鸟，就扑扑翅膀，伸出一只像老鹰般的脚爪，把冰儿抓在脚下，直飞上天空，腾着桃红色的云，飘向漫漫无际的天边去了。他大急，伸手狂叫着："冰儿！下来！冰儿！别走！冰儿……"

他被自己的声音叫醒了，同时，感到有一双温软的小手，在不住地摇撼着他，喊着说：

"慕唐！慕唐！你怎么了？你做噩梦了吗？"

他倏然惊醒，天色已经大亮了。他张大眼睛，冰儿正穿着件白色的睡袍，好端端地站在他面前，对着他微笑。她那白皙柔软的手，正安抚地抚摸着他的面颊。

"哦！冰儿！"他吐出一口长气来。

"你梦到什么了？一直大叫冰儿冰儿的？"阿紫走到厨房去烧开水，只有她，已经梳洗过后，换上整齐的衣服了。

"我梦到……"他有些不好意思起来，一清早，说什么隔夜的噩梦呢，他笑笑说，"没什么。"伸了个懒腰，他才发现这沙发上睡得真不舒服，脊椎骨都梗得发痛了。他伸手到腰底下去摸索，果然有个东西卡在沙发缝里，他把它掏了出来。两个女孩都伸长脖子，看他又掏又拉又扯的，终于，他拖出一件东西来；一只桃红色的玩具长颈鹿，鹿脖子上，挂着块木牌，牌子正面，写着：

"我是罪人"。

牌子反面，写着：

"请原谅我！"

李慕唐像被毒蝎子蜇到手指一般，慌忙把那玩具摔开，玩具呈一个抛物线落出去，掉到房角一大堆桃红色花瓣中去了。那些花瓣，是他们昨夜清扫成堆，还来不及丢掉的。

"真是阴魂不散！"李慕唐脱口而出地说了一句话。

"大概是不大容易散！"阿紫从落地长窗前回过身子来，安安静静地说，"因为，那疯子正站在窗子外面呢！"

冰儿和慕唐都冲到窗口去看。

果然，徐世楚正从容不迫地，站在对面的一根电线杆前，身子靠着电线杆，手里提着一包东西，不知道是什么，他好像在"胸有成竹"地等待着。这还没什么，最引人注目的，是停在他身边的那辆"野马"，那辆车本是米色的，现在，居然被漆成了桃红色！李慕唐下意识地抬头看看天空。

"你在看什么？"冰儿问。

"云。"

"云？"

他笑着低下头来，握紧冰儿的手。现在，那只手又变得冷冷的、战抖的了。"听我说，冰儿。"他热烈地开了口，"徐世楚虽然很有本事，他毕竟无法把白云染成桃红色！"

"哦！"冰儿听不懂。

"只要有澄净的天空，就不怕你被抓进变色的云层中去。"他自顾自地说着，低下头，注视着冰儿，"冰儿，我想，我们要有极漫长的一天了！"

"我想，"阿紫大声地说，她一直在跑出跑进地忙着，现在，她端了一大锅粥，放在餐桌上，"你们大家都需要好好地吃一顿，来应付这漫长的一天。来！吃饭吧！"她摆下四双碗筷。

慕唐惊愕地看着，问："你要干吗？"

"下楼请那个疯子上楼来吃饭！"阿紫镇静地说，"这是一场公平的竞争，我不希望有任何人饿着肚子作战！何况，楼下那个人，不论和冰儿间有什么过节，他总之是我们大家的好朋友！半年多以来，我们一起玩过，一起疯过，一起笑过……我不能让这样一个朋友，站在楼下饿肚子！又何况，即使我愿意让他饿肚子，他也照样会上来的！"

她真的跑下楼去了。

第十一章

徐世楚走进来了。他穿了件整洁的白衬衫、黑长裤，身上没有什么"罪人""原谅"等字样。他的头发似乎才洗过，蓬松而清爽。面颊上，胡子刮得干干净净，眼睛是炯炯有神的。他浑身上下，丝毫看不出有"失恋"或"失眠"的痕迹。大踏步走进来，他神清气爽，精神饱满。"各位早！"他笑嘻嘻地说，好像他们四个人之间，什么事情都没发生过，"我给你们带了些烧饼油条来！还有冰儿最爱吃的糯米饭团。"原来，他手里还拎着一包吃的呢！早知道他有吃的，李慕唐想，阿紫大可不必下楼请他上来吃饭。可是，当慕唐看到他带的分量时，他知道，请不请他上来都一样，反正他是一定会上来吃早饭的！

"慕唐，"徐世楚拉开椅子，坐了下来，伸长了腿，正对着李慕唐,"我要特别向你道歉。"他说,仍然笑嘻嘻的,和昨晚的"狼狈"完全判若两人。他看来温文尔雅,落落大方,"昨晚我有些精神失常,说了些莫名其妙的话,请你不要把它放在心上。事实上,我这人最重视友谊,你一天做了我的朋友,永远都是我的朋友。"

"很高兴听到你这么说。"李慕唐接口,正视着徐世楚,心中有点迷糊,这男人说变就变,实在有些奇怪!不过,对方既然如此"有风度",他当然也该表现得大方一些,"其实,该抱歉的是我。君子不夺人所爱,我应该多多保持距离……"

"不用解释!"徐世楚打断了他,一本正经地说,"我们别谈什么君子不君子的,在爱情的战场上,从来没有君子!如果有人一定要当君子,他就注定是个失败者,注定是个懦夫!所以,我们把中国士大夫阶级那一套'伪君子'教条收起来。追女孩子,本来各凭本事!慕唐,"他点点头,"我对你很服气!"慕唐有点发愣,不知道这家伙讲的是真心话,还是违心之论。不过,看他的样子,却相当"诚恳"。

"徐世楚,"他说,"你的意思是,我们大家仍然是好朋友,绝不因为冰儿的转变而有所不同?"

"不同是一定不同了!"阿紫插嘴,看看慕唐,又看看徐世楚,"不过,只要你们之间不要剑拔弩张,我和冰儿的日子,就会好过一点。"

"放心！"徐世楚瞅了冰儿一眼。忽然说，"冰儿，你不要猛啃那个糯米团，我们不是约法三章，你只许吃半个的吗？你又忘了！待会儿胃痛怎么办？还好……"他从口袋里掏出一瓶消化药来，"我就猜到你会这样子，已经随身给你带药来了！"

慕唐看着，不自禁地微笑了一下，他开始有点了解这位徐世楚了。一伸手，他接过了那瓶胃药，看看标签，抬头再看着冰儿。"没关系，冰儿，你可以吃完那个糯米团。只要等会儿，我们出去散散步，稍微运动一下，让胃里的食物能够消化，至于这胃药嘛，是中和胃酸用的，你并没有胃酸过多，还是少吃为妙。"

"哦。"徐世楚开怀大笑，唏哩呼噜地喝起粥来，喝了一大碗，他才说，"慕唐，我忘了你是医生！你说的一定没错！好吧！"他放下碗来，注视慕唐，"看样子，我必须把冰儿移交给你了。"

"你不需要移交。"慕唐说，"冰儿是自己的主人，她可以随便走到任何地方去。"

徐世楚定定地看了慕唐几秒钟，他不笑了。

"李慕唐，你这人颇不简单。"他转了转眼珠，"好了，我认输了，反正，我不认输也不行，本来就输了。没关系，我们还是好朋友，我最奇怪的事，是有些夫妻离了婚，会变成仇人一样。好歹夫妻之间，都有最亲切的关系，怎么会反目成仇呢？"他叹了口气，注视着冰儿，"冰儿，今天有什么计划？上星期，你不是要我陪你回高雄看母亲吗？今天还去不去？我的车已经洗过，加满了油，也保养过了，还……"他笑嘻嘻地，"喷漆过了。怎样？我送你们两位女生回高雄，慕唐如果没事，我们大家一起去吧！"

冰儿自从徐世楚进门，脸色就有些阴晴不定，举止也相当失常。首先，是埋着头啃掉一个糯米团，不笑，也不说话。现在，是把一个烧饼扯成一片一片的，撒了满桌子芝麻和饼屑。她就用手指拨弄着那些芝麻，把它们聚拢，又把它们推散。听到徐世楚的问话，她怔了怔，张着嘴，有些不知所措，慕唐立刻说："冰儿今天不回高雄，我们有一些私人计划，吃完饭，我们就要出去了。"

徐世楚愣了一下。"私人计划是什么？"他率直地问。

"私人计划的意思是——"他也率直地回答，"是属于我和冰儿两人间的计划，换言之，碍难奉告。"

徐世楚靠进椅子里去，凝视李慕唐。

"慕唐，"他沉着气说，"你有些不上道。"

"哦？"

"我说过，我们还是朋友，对不对？你把我和阿紫排除在外是什么意思？……"

"我不在乎被排除在外，"阿紫慌忙说，"希望你们不要把我卷进战争里去！"

"不是大家都停火了吗？"徐世楚说，"不是根本没有战争了吗？"

"是。"慕唐回答，"我希望是真正地停火了。"

"那么，"徐世楚看看冰儿，又看看李慕唐，"为什么不欢迎我参加你们的活动？"

"不是不欢迎，"李慕唐迎视着他的目光，"徐世楚，要我坦白说吗？"

"你说。"

"我对你心存戒备！"李慕唐由衷地说，"你是一个太强劲的对手，不论你的外形、你的作风、你的谈吐、你的机智……都令我甘拜下风。我和你这场战争里，我赢在你的疏忽，而不是你的实力。当你把你的实力展开的时候，我想，我很可能转胜为败。所以，徐世楚，我只有把冰儿带开，让她离你远远的！"

"说得好！李慕唐！"徐世楚深刻地看他，"我现在才有些了解你，你才是个强劲的对手！哈哈哈！"他突然仰天大笑，颇有点豪气干云的气势，"阿紫说得对！男子汉大丈夫，要提得起，放得下！好，你们爱干什么干什么，我不妨碍你们。阿紫，"他回头看阿紫，柔声说，"阿紫，我只能请求你陪我度过这个假日……"

"不，不。不！"阿紫立刻说，"对不起，我今天已另有安排，我有约会。"

徐世楚似乎又挨了一棒，他认真地看阿紫，问：

"你有约会？男朋友吗？"

"对！"阿紫坦然地说，"是个男孩子，还不能称为男朋友，刚开始交往！"

"哦！"徐世楚倒进椅子里，"我想，你们也有私人计划。"

"不错。"阿紫说。

"很好。"徐世楚憋着气说，"你们各位都去实行你们的私人计划吧，不用管我了。我留在这儿洗碗吧！"

"徐世楚，"阿紫叮嘱着，"你如果再破坏房间，胡乱喷漆，或者，制造一大堆垃圾，我们会生气的！"

徐世楚的笑容消失了，他的面容僵了僵，然后，他看着冰儿，一个字一个字地说：

"冰儿，曾几何时，往日共同制造的乐趣，现在已经变成了垃圾？我懂了，"他慢吞吞地站起身子来，"我是最大的一件垃圾，我先帮你们清理了吧！"他走向门口，又回过头来，"祝你们每个人的私人计划——圆满顺利！"

打开门，他走了。冰儿直到此时，才长长地透出一口气来。

这一天，李慕唐带着冰儿，开车出游了一整天。

他们沿着新开发好的滨海公路，经过蝙蝠洞、海滨浴场、石门、金山、野柳，一直沿海绕着，每到一个地方，他们就停下来玩。吹着海风，踏着沙滩，晒着太阳，看着海浪……海，是属于夏季的，海边都是人潮，海滨浴场尤其拥挤。他们没有带游泳衣，只是沿海逛着，享受着那种属于夏天和海滨的气息，那种气息是凉爽、欢乐，而自由的。

可是，这天的冰儿很沉默。

大约受了徐世楚的影响，她一直有点神不守舍，有点恍惚，还有点不安。每当他们停车，她都会四面看看，好像颇有隐忧似的。李慕唐问她：

"你在担心什么吗？"

"没有。"她立刻说，牵着他的手，和他并排走在沙滩上。

"冰儿，"他紧握着她的手，诚挚地说，"请不要为他太难过，因为当你为他难过的时候，我就会更加难过。"他注视着海面，决心转换话题，"喜欢海吗？"

她随着他的视线，望向那一望无垠的海。

"我想，绝大部分的人都喜欢海。"

"因为，现代人生活的范围都太小了，小小的公寓、小小的房间，人的喜怒哀乐，全在房间里发生。前两天，我看到报纸上攻击三厅电影不写实，我就觉得很好笑，三厅是太写实了，我们现代人，就生活在客厅、餐厅、咖啡厅里，如果再加一个办公厅，就更好了……"

"那篇文章大概是指现在的电影太干净了，"冰儿的兴致提了起来，"它们缺少的，是一张床。"

"哦？"李慕唐顿了顿，"真的吗？"

"我也不太清楚。有时候，我觉得写批评文章的人并不一定要批评什么东西，而是要'批评'！"

"对极了！"慕唐接口，"这就是人性。骂别人一直是表现自己最好的方式。对了，"他想起被抛掉的主题，"海。海在于它好大好远好辽阔，当人被关闭得透不过气来的时候，会喜欢海。某些时候，海是相当具有'人性'的。"

"海具有人性吗？"她困惑地，"听不懂。"

"你看看它。"慕唐把冰儿拉到身前，双手扶着她的肩，让她面对着海，"它有时平静，有时凶猛，有时温柔，有时喧嚣，有时清澈见底，有时深沉莫测……最主要的，它一直在动，一直在变，看看那些小泡沫，一个接一个，此起彼落，你现在看到的，跟你两秒钟前看到的，已经不是同一个泡沫了！你见过更容易变的东西吗？人，也是这样。"

"可是，许多人的生命是不变的。像巷口那个欧巴桑，她帮人洗了一辈子衣服，现在洗衣机如此发达了，她还是在帮人洗衣服。"

"你看到的是，不变的生活，并非不变的人生。"慕唐挽住她，走向海滨浴场的贩卖部去，"事实上，即使是生活，也在变，只是你不知道而已。至于人的心态，实在和海一样，是变幻莫测的。"

冰儿停下脚步，仰视着他。她的面孔，又充满了光彩，眼里，也闪烁着阳光："慕唐，我真搞不懂你，你是医生，为什么你会去研究海？去研究人性？而又会把这两样东西相提并论。”

“人都有联想力，这一点也不稀奇。”慕唐笑了，“读书的时候，我常和几个好朋友到海边来露营……一种逃避，从解剖室、细菌、病理学、人体构造……逃到海边上来，看着海，想着生命。”

“你那些好朋友呢？”

“变。”他说了一个字。

“变？”

“是啊！像海浪一样，大家都在变。有的出国了，有的改行了，有的结婚了，有的去大医院了，有的挂牌了……总之，大家都变了，而且，大家都很忙，偶尔，彼此通个电话，互相问问近况，就是最大的联系了。至于海滨露营，已经成为记忆中的一个小点而已。电话这玩意儿，缩短了人与人间的距离，也拉长了人与人间的距离。”

“对！”冰儿深表同意，“因为电话随时可以和对方谈话，见面的次数就一次比一次少了。我的同学们也是这样，大家只通电话，不见面。”

他们说着说着，已走到贩卖部前面，这儿挤满了游客，穿着泳衣，披着浴袍，裹着毛巾，都在买吃的喝的。慕唐问冰儿：“想吃点什么吗？渴了吧？要香槟还是汽水？”

"她最爱吃霜淇淋！"一个声音忽然冒了出来，一个高大的人影遮在他们的前面，同时，有客蛋卷霜淇淋已经送到冰儿的鼻子前面来了。

"世楚！"冰儿倒退了两步，惊愕地抬头看着，"你跟踪我们！"她轻呼着。

"快！吃霜淇淋吧！"徐世楚说，"不吃都化了！慕唐，"他语气亲热而愉快，"我们两个喝汽水！"

慕唐不敢相信地看着徐世楚，真是阴魂不散！他心里想着。另一方面，心里又对他这种"跟踪精神"生出种很奇怪的反应，非常惊奇，非常烦恼，而又有些同情，有些佩服。

"冰儿！"他拍拍冰儿的肩，"吃吧！人家徐世楚好意买来的！"

"是啊！"徐世楚笑着，"我们到那边坐坐好吗？你们在太阳底下晒了大半天了！瞧，我租了一个太阳伞。来来来，一定要休息一下，否则，冰儿会头晕的！"

李慕唐啼笑皆非。冰儿已拿起了那个霜淇淋，就像早上闷着头吃糯米团一样，她开始闷着头吃霜淇淋，眼睛看着脚下的沙，头俯得低低的。李慕唐扶着她的腰，他们走到徐世楚租的帐篷底下。徐世楚忙着开汽水罐，递了一罐给李慕唐，嘴里笑嘻嘻地问：

"冰儿，要游泳吗？我车子里有你的游泳衣。"

冰儿慌忙摇头。李慕唐想起冰儿为什么一路上都东张西望，颇怀隐忧似的。原来：她已有预感，徐世楚会追来了！

"徐世楚！"他喝完了汽水，把罐子往垃圾箱一丢。抬起头来，盯着徐世楚说，"谢谢你的汽水和霜淇淋。我们要走了，希望你遵守诺言，不要来妨碍我们。这样一路跟踪，会造成我们很大的困扰。"

徐世楚那明亮的双眸立刻黯淡了下去，他不看慕唐，却看冰儿："冰儿，我妨碍你了吗？"

冰儿吃着霜淇淋，一句话也不说。

"世楚，请你不要为难冰儿。"慕唐说。

"好，"徐世楚抬起头来，注视着李慕唐，"你们走你们的！我走我的！我并没有跟踪任何人，只是眼看我的女朋友……不，说错了，"他一扬手，清脆地给了自己一耳光，"我'以前'的女朋友，在晒太阳，我于心不忍，想给她一把遮阳伞。眼看她渴得嘴唇干了，我于心不忍，想给她一杯霜淇淋。人！有的时候做的事，不是出于理智，而是出于感情！这叫——情不自禁。如果我对你们造成妨碍，请原谅！我绝对是无意的！"

听这种谈话，简直可怕！李慕唐一把拉住了冰儿：

"我们走吧！"冰儿被动地跟着他，往停车场走去。

他们一声不响地上了车，欢乐的气氛，又被徐世楚带走了。停车场上，那辆桃红色的野马离他们只有几步之遥，冰儿看看那辆车子，脸色更加不安了，眼神黯淡得像要滴出水来。李慕唐很快地发动了车子。一路上，他都在注意后视镜，看那辆桃红色小车有没有追踪而来。开了差不多半小时，他才确定徐世楚没有再度跟来。

可是，他一连两站都不敢停车，直到车子开到了野柳。他向后望，桃红色小车无踪无影。

"下来走走吧！"他说。

冰儿很顺从地下了车，跟着他走向野柳风景区。他揽着她的腰，竭力要鼓起她的兴致：

"快乐一点，冰儿。他是存心捣乱，我们最好不要受他的影响，好不好？"冰儿瞅了他一眼，勉强地笑了笑。

"好。"她微笑着说，抬头看看天，看看云，看看辽阔的海。"同样是海边，"她说，"气氛完全不一样！"

"刚刚是沙岸，现在是岩岸。"李慕唐说，"沙岸和岩岸的感觉是两种，沙岸平和，岩岸惊险。古人诗句中有'惊涛拍岸，卷起千堆雪'的句子，指的就是岩岸。你瞧，"他指着岩石下面，海浪汹涌飞卷，浪花是一连串飞溅、打碎的白色泡沫，"那就是'卷起千堆雪'。"

冰儿抬头看他。"你好博学。"她说。

"不。这是谁都念过的句子，只是不一定记得，大概中学课本里都有吧！我不博学，我是书呆子。我父亲一直叫我书呆子！"冰儿一眨也不眨地看他。

"你一点都不呆。"她说，"你学的，你都能用，你举一而能反三，你怎么会呆？"她叹了口气，"你实在比我想象的要聪明……"

"又来了，冰儿，"他轻飘飘地说，"别灌醉我！"

她笑了。终于笑了。她笑着往前跑去，在一个怪石的下面，有个小女孩在卖贝壳，她拉着他的手往前跑，高兴地嚷着说："我们去买贝壳！我好喜欢贝壳！你知道我收集贝壳吗？不收集大的，只收集小贝壳……"

她蓦地收住了脚步，瞪大了眼睛。

徐世楚从岩石后面绕了出来，他伸出手掌，掌心里躺着好几个小贝壳。他的面容，不再像早上那般乐观，也没有在海滨浴场那种神采，现在的他，非常苍白，头发被海风吹得乱七又八糟，耷拉在额头上。眼睛幽暗、深沉、悲哀，而带着种乞求的意味。他看起来，好狼狈，好孤独，好憔悴。

"贝壳，"他轻声说，小心翼翼地，似乎怕挨骂似的，"我帮你选好了，这些都是你没有的！你看看喜不喜欢？"

冰儿又开始往后退，慕唐挡住了她。

"天哪！"他听到冰儿在低低地叫，"我完了！我又完了！"

第十二章

　　事后，李慕唐回忆起这个日子，才发现冰儿说"我完了"那句话，实在是该他李慕唐来说的。

　　到底怎么会把局面弄得那么混沌，李慕唐也弄不清楚。只知道，自从"送贝壳"那晚开始，他们三个，就变成经常一起行动，一起出游了。主要是，冰儿狠不下心来，她总对李慕唐说："你不觉得他很可怜吗？我们帮他度过这段时间吧，好吗？总之，大家将来也要做朋友的！"

　　于是，他们的许多活动，徐世楚都加入了。而且，徐世楚表现的态度，几乎是可圈可点的。他温文儒雅，彬彬有礼，笑脸迎人，而且是善解人意的。

　　李慕唐无法坚决反对徐世楚的加入，事实上，他也反对过。冰儿会垂着眼睑说："慕唐，你有那么宽阔的

心胸，那么豪放的气度，你为什么不能容纳一个失败的
人呢？"

冰儿，我没有宽阔的心胸，我也没有豪放的气度，
我看那小子十分不顺眼，我认为他构成我们间极大的威
胁……这些话是说不出口的，在冰儿那澄澈的双眸下，
这种"自私"的话是说不出口的。接下来的生活又非常
忙碌，诊所里生意兴隆，这年头几乎人人会生病，看病
像时髦玩意般流行。

有一天，冰儿下班后来到诊所，居然脱口说：

"我现在才知道电影院为什么生意清淡，原来客人都
到医院里来了！"每天九点钟开始门诊，一直要忙到晚
上十一点。李慕唐把自己最好的时间，都给了病人。他
常常忙得连抽空打个电话的时间都没有。八月过去了，
九月又过去了。李慕唐忽然发现，冰儿下班后不常到诊
所里来了，她会打个电话过来说："我知道你很忙，我不
过来了，你下了班，到我这儿来坐坐吧！"当然，要冰
儿每个晚上坐在诊所里，看那些病弱的老少妇孺穿出穿
进，也是件很无聊的事。李慕唐完全能谅解冰儿不过来。
可是，接连三四次，他都发现徐世楚坐在那"幻想屋"
里，和冰儿谈天说地时，他就有些忍无可忍了。

事情爆发在九月底的一个深夜里。

李慕唐下了班，走进"幻想屋"时，已经是深夜
十一点半钟了。徐世楚和冰儿双双挤在一张沙发上，阿

紫和男友约会去了，居然尚未回家。阿紫从夏天起，交了个男友，是一家贸易行的职员，阿紫称呼他高凯，可是，她说，高凯只是个外号，因为那男孩很高，至于那个凯字，阿紫就嘻嘻哈哈笑着，说是"想想就了了"。阿紫这回对高凯似乎非常认真，冰儿常说："带他来呀！让我们大家见见呀！"

阿紫看看冰儿，笑着摇摇头：

"我不鼓励他来学习'三人行'！"

三人行？阿紫提醒了李慕唐，是的，他烦恼而抑郁地想着，就是这三个字：三人行，他、冰儿、徐世楚，已经变成这么糊里糊涂的局面了！这晚，他一看到徐世楚和冰儿挤在一堆，血就往脑袋里冲去。何况，他忙碌了一整天，真想和冰儿静静地、温柔地、恬淡地、舒适地度过一个晚上。看到徐世楚，他知道什么柔情蜜意都免谈了。"徐世楚！"他没好气地问，"你来多久了？"

"我去接冰儿下班的！"徐世楚坦荡荡地回答，"我们去吃生鱼片！还买了一样东西，你看！"

他看过去，居然是个风筝。一只桃红色的大鸟！

"我们周末去放风筝！"徐世楚热心地说，"你知道，秋天是放风筝的季节吗？"

"已经秋天了吗？"

"是啊！台湾的秋天，来得晚一点。但是，杉林溪的枫叶，已经红了。"

"杉林溪？"他错愕地问，"杉林溪在什么地方？"

"唉唉！"冰儿叹着气，缩在那沙发中，根本没站起来，她穿着件没袖子的短衫，一条"很凉快"的短裤，修长的腿伸在沙发上，徐世楚卷着风筝线，手和胳臂就在她那美好的大腿上碰来碰去。"你真孤陋寡闻啊！"冰儿微笑地瞪着他，"你怎么连杉林溪都不知道呢？杉林溪在南投县，从溪头开车上去，大概再开一小时就到了。那儿一到秋天，枫叶都红了，遍山遍野，真是好看。山上还有一种石楠花，五朵花集合在一起，开得像绣球花一样，还有两个瀑布，还有神木，还有小溪，还可以钓鱼……"

"你对那儿，还真熟悉嘛！"他瞪着冰儿。

"是啊，去年十月，我们在那儿住了三天，徐世楚开的车，我们不只玩杉林溪，还去了凤凰谷。真好玩！"

"所以，"徐世楚接口，"我们计划这个周末，再去旧地重游。刚好我弄完了一档节目，可以有一星期的假，冰儿说，她可以在公司里请三天假，加上周末和星期天，就足足有五天了。慕唐，你呢？"慕唐看看徐世楚，再看看冰儿。

"你们的计划里，包括我吗？"

"当然啦！"冰儿飞快地接口，"你是主角嘛！我们都去过了，只有你没去过！"

"冰儿！"他站在沙发前面，深沉地注视着她，"你认为，我的那些病人，都会联合起来，集体停止生病，以便于我这个医生出去旅行吗？"

冰儿的脸色变了。清亮的眸子立刻黯淡下去，唇边的笑容也不见了。"和医生交朋友，"她喃喃自语，"就这么煞风景！从来没有假日，从来不能休息！"

"冰儿，你一开始就知道我是医生吧？"他的语气有了火药味。

"是的！"冰儿说，"伟大的医生！不朽的医生！救人救世的医生……"

"如果你对我的职业不满意，"慕唐打断了她，伸出手去，把她从沙发深处拖起来，因为她那裸露的胳膊和大腿，始终在徐世楚的活动范围之内，"我非常抱歉，因为，我是不会为你转换职业的！"

"你会为我做什么呢？"冰儿站起身子，和他面对面地站着了，她的双臂搁在他的肩上，两眼深深地盯着他，"我从来没有'看'到你为我做了些什么。"

房间里的气氛紧张了起来。

"是吗？冰儿？"他问，"如果你没有'看'到，你是瞎子！如果你没有'听'到，你是聋子！如果你没有'感觉'到，你是呆子！"

"你说得很好听，"冰儿说，固执地凝视他，"我想，我可能是瞎子，是聋子，是呆子！我还是不觉得，你为我做过些什么。你曾经说，你爱我胜过于生命！可是，我现在只要求你请几天假，陪我去杉林溪……"

"病人是没有办法向疾病要求放假的！"

"这么说，你是不去杉林溪了？"

"好了！冰儿！"徐世楚从沙发里跳了起来，"慕唐没有时间去，我们约阿紫和高凯一起去，那位高凯，我早就想认识认识了！我们可以在山顶上比赛放风筝，到河里比赛划船。我跟你说，慕唐不去，我们还是可以玩得很开心的！"

冰儿仍然凝视着慕唐。

"慕唐，"她的声音忽然变得无比轻柔，她的胳膊在他脖子上用力勒了勒，她的身子软软地贴着他的，"你真的不去吗？请你陪我去好吗？你可以挂出休诊三天的牌子，那些病人，他们还可以找别的医生，台北又不是只有你一个医生！"

他动摇了，在冰儿柔媚的凝视下动摇了。

"你知道，"他挣扎着说，"把娱乐放在工作的前面，是很不理智的事！"

"你一定要做理智的事吗？你生活里，不能有一点不理智的事吗？"

"你就是我最不理智的事，遇到你，已经让我的生活大乱了。"

"是你的不幸吗？"她盯着他。

"唉！"他叹了口气，"是我的不幸。"

"后悔吗？"

"不。"他摇头，"永不后悔。"

她悄悄地笑了，眼睛又发亮了，"那么，我们一起去杉林溪吗？"

"你一定要去吗？"他反问，"你非去不可吗？"

"是。"她任性地说，"我已经兴奋了一个晚上了，计划了一个晚上了！"

"慕唐！"徐世楚插嘴，"不要泄冰儿的气。冰儿连旅行服装都已经准备好了！"

"那么，"李慕唐的怒火又往上冲，"如果我不能去，你们是不是仍然照原定计划去？"

徐世楚不说话，冰儿屏息了片刻。

"是不是？"他大声问，"如果我不去，你们去不去？冰儿，你说！"

冰儿抬眼看他。"你为什么要那么凶呢？"她很委屈地说，眨动着睫毛，"你认为你不去，我就不可以去，是不是呢？"

"是！"慕唐忽然冲口而出。

室内顿时安静了。冰儿看了他片刻，把手臂从他肩上放了下来，她走回到沙发边，坐了下去。徐世楚慌忙在她大腿上拍了拍，柔声说："冰儿，别生气，慕唐不过说说而已……"

"徐世楚！"慕唐忽然大声喊着，声音之大，把他自己都吓了一跳。他突然间爆发了，完完全全地爆发了。在他胸中积压已久的闷气，像一股火山口的岩浆，蓦然间冲出火山口，迸发出一场无法遏制的大火。他对着徐世楚的脸，指着他的鼻子说："你给我滚出去！徐世楚，你听着，我和冰儿之间的账，我们自己会算，用不着你搅在里面！你少开口！少管我们的事！现在，你滚出去！让我和冰儿单独说话！"

这是一个好大的炸弹，整个屋子都被炸得摇摇欲坠了。徐世楚的脸色，顿时涨红了，连脖子都涨红了。而冰儿，却相反，整个面孔上的血色都没有了。

徐世楚从沙发里直跳起来，他瞪着李慕唐，连眼睛都发红了，他喘了一口大大的气，说：

"李慕唐，你叫我滚，是吗？"

"是！"李慕唐吼着，"我叫你滚！"

徐世楚掉头看冰儿。"冰儿！"他喊，"你也要我滚吗？"

冰儿深深地抽了一口冷气，立即飞快地扑奔过去，拦在徐世楚的面前。她苍白着脸，对李慕唐说：

"慕唐，你有什么资格，叫徐世楚滚！这儿是我的家，我的屋子，徐世楚是我的朋友，你凭什么叫他滚？你以为你和我谈谈恋爱，你就可以垄断我的生命，扼杀我的快乐，赶走我的朋友吗？你未免自视太高了！你未免欺人太甚了！"

"冰儿!"他喊着,胸口的怒气越来越重,声音越来越响。冰儿这一连串的问话,粉碎了他心中的柔情。像是一盆夹带着冰块的水,对他兜头淋下,他只感到整个心脏都在绞痛。而怒气却奔腾着从他嘴里冲出来:"冰儿!我没有资格赶你的朋友,我没有资格说任何话,我不该垄断你的生命,扼杀你的快乐!可是,你必须认清楚……"他一直问到她脸上去,"你生命里只能有一个男人,不是他,就是我!你不能一辈子脚踏两条船!你现在可以选择,如果你要他,我滚!你说,你是要他?还是要我?"

冰儿脸上闪过一丝痛楚。

"你一定要我选择吗?"她大喊,"你是一个暴君,你是一个独裁者!你自私,你根本不了解我,你连生活的艺术都不懂!你是个工作狂!你根本和我在两个极端的世界里。"

"很好!"李慕唐打断了她,沉重地呼吸着,"你已经选择了!徐世楚,祝你们幸福快乐!冰儿,当你下次自杀的时候,拜托不要来推我的门!再见!"

他冲出了那房间,重重地带上了房门。当房门"砰"然一响时,他觉得,自己整个心灵,都被震碎了。

第
十
三
章

　　彻夜无眠。但是，时间不会因为你不睡就停止的，
也不会因为你心碎而停止的。工作更不能因为你失恋就
可以罢工，病人也不会因为你心情难受就不上门……所
以，第二天，日子还是照常地过下去。照样是那么忙
碌，一个病人又接一个病人，都不是什么疑难杂症，老
人家的血压太高，小孩子的扁桃腺发炎，以至于一年四
季，永不停止地感冒。这样也好，忙碌可以让人不去思
想。但是，他却常常感到像闪电似的，有股尖锐的痛楚，
就强烈地从他心底闪过去。这股痛楚，来无影，去无踪，
却在整天之内，发作了七八十次。他是医生，他却无法
治疗这种彻心彻肺的痛楚。午餐几乎没有吃什么。晚上
也淡而无味。生活一下子变成了空荡荡的，即使有那么
多病人，即使小魏、小田都叽叽呱呱，爱说爱笑，生活

却一下子失去了声音。他常会在诊病的中途发起呆来，只为了某种潜意识的期盼——门外的脚步声会是她吗？窗外的人影会是她吗？候诊室的笑声会是她吗？弹簧门的开动会是她吗……

没有。不是她，任何声音都与她无关。她现在正飘在桃红色的云上，与桃红老鹰共翱翔。

晚班护士来上班了。朱珠和雅一带来了一串笑语喧哗。雅一推开他的门，笑嘻嘻地嚷：

"李医生，朱珠要请你吃喜饼！"

哦？他看过去，朱珠果然捧着两大盒喜饼进来了，她圆圆的脸蛋上洋溢着喜悦，眉梢眼底，绽放着青春的光华。她把两盒大红色的、上面写着"囍"字的饼盒放在他桌上，快乐地、坦率地、甜蜜地笑着："李医生，上星期天我订婚了，诊所太忙，我也不敢请假。本来，要请你去参加的，看你也忙得……哈哈……"她笑着，心无城府地，"难得一个星期天，不敢耽误你和冰儿小姐的聚会……反正，我们本省习俗，订婚只是个形式，送送喜饼，通知亲友而已。改天，结婚时，再请你喝喜酒。"

他注视朱珠。那张爱说的、小巧的嘴，那对温柔的、和煦的眼睛，那张永远沐浴在阳光下的脸庞。平平淡淡的朱珠，她会给一个男人平平凡凡的生活：没有狂风骤雨，惊涛骇浪，却有宁静安详。朱珠，善解人意的朱珠，得到她的男人有福了。"你未婚夫叫什么名字？"他提起精神来问，一向和朱珠、雅一都像一家人，居然，她订婚了，而他却不知道那男孩是谁。这一年来，生活多么反常呀！

"他和你同姓，姓李，是学工的！"朱珠笑着，"在一家工厂当工程部的技师！"

"哦？怎么认识的？"他笑着问。

"呵呵呵！"雅一大笑起来，"就是她家那口鱼池呀！总算没有白搁着！"

"怎么说呢！"

"别听她乱盖！"朱珠打断雅一，笑得更加甜蜜了，"是这样的，李茂生是我哥哥的朋友，他们都在南雅工厂上班，今年三月间，我哥哥带了他们一大伙朋友来我家，又钓鱼，又唱歌，又吃烤肉的，闹得好开心。从此，他们就每个星期都来，到了夏天，我和李茂生就走得很近了。有一天，我们又合力钓起了一条大鱼……"

"说来说去，"雅一笑嘻嘻地，"就是她家那口鱼池哪！那鱼池有点怪，专门撮合姻缘。朱珠，下次你也约我去玩玩好吗……"

"你又不是没去过！"

"我去的那次全是女生，你安心不让我见李茂生，怕被我们抢去……"

"你胡说！你自己的那位元刘大记者呢？怎么说，偷偷摸摸交了大半年了，以为我不知道呀……"

"不许说！不许说！"两个女孩子拉拉扯扯，笑成了一团。

"怎么，雅一，"李慕唐注视雅一，"你也有男朋友了？是不是也要请我吃喜饼了？"

"吃喜饼？"雅一羞红了脸，那一脸的娇羞，竟也楚楚动人，"没有那么快啦！大概要到农历年的时候！"

"哈！"朱珠大叫，"原来你也要订婚了，你瞒得真紧，李医生不问你，你还不说呢！"

"不是不说，"雅一笑着往配药处躲去，"你又没问我，难道我还该弄个大喇叭，沿街叫嚷着我要订婚了？"

朱珠掩口而笑，对李慕唐说：

"她在骂我呢，因为我一交男朋友，全天下都知道了！她说我是大喇叭！"

哦？是吗？李慕唐有些歉疚，全天下都知道了，只有他这个医生，什么都不知道。这些日子来，他的字典里只有两个字：冰儿。随着这两个字的出现，他心底的抽痛又立即发作了，他不由自主地，吸了口气。

"李医生，"朱珠关怀地问，"你没有不舒服吧？你今天脸色不太好！"

"我没事。"他注视朱珠，"预备什么时候结婚？"

"过农历年的时候。"朱珠坦白地说，"所以，到时候要向你辞职了。"

"辞职？"他一怔，"你先生不许你在外面工作吗？

你是一个很好的护士，结了婚就辞职，不是太可惜了？"

"李茂生根本不在乎我工不工作。"朱珠说，"他的工厂就在三重，我们可以住台北。问题是，我总觉得，既然决心嫁给他了，就该以他一个人为重心，在家里做个好太太就行了。我对自己的工作，并没有野心……换言之，当我决心结婚的时候，我就把这个婚姻——这个男人，当我的事业，我不想因为我的工作问题，造成两人间的不愉快。总之，这是个男性社会，对不对？"

李慕唐惊奇地看着朱珠，这是个"现代女性"吗？曾几何时，现代女性的观念又改了？从"走出厨房"又变回到"走入厨房"了？但，不管怎样，娶到朱珠的男人是有福了。他正想再说几句什么，有病人登门了，朱珠忙着要去挂号处，她转身匆匆走开，走了两步，又回头嫣然一笑，指着那喜饼说："我多拿了两盒来，请你的冰儿小姐吃！还有阿紫！"她深深看他，又加了一句，"李医生，希望我辞职以前，能够先吃到你的喜饼！嘻嘻！"她笑嘻嘻地跑进挂号处去了。

李慕唐坐着，心底的抽痛又来了。这次发作得又凶又猛，从胸口一直痛到他四肢百骸里去。

深夜，收工了。慕唐回到了他的单身宿舍。开亮了一盏落地灯，他在灯下坐着。脑子里模糊地想着朱珠，朱珠和她的鱼池，朱珠和她的未婚夫，朱珠和她的事业……他模糊地想着，深深地把自己埋在安乐椅中。想朱珠，最大的优点，是可以不要想冰儿。冰儿，怎么这个名字又出现了呢？怎么那股痛楚会越来越加重呢？他用双手紧抱住头，企图扼制那份思想。但是，那思想像脱缰的野马，在他脑海里奔驰：冰儿！冰儿！冰儿！马蹄剧烈地在脑中踹着，哦！冰儿！他的头疯狂地疼痛起来。

门铃骤然响了起来。冰儿！他惊跳，由于起身太猛，落地灯打翻了。他扶起了灯，直奔向门口，一下子打开了大门。

门外不是冰儿，而是阿紫。

"阿紫！"他低呼着，有些失望，也有些安慰。阿紫，一个和冰儿十分亲近的人物，她最起码可以赶走室内那份紧迫的孤独。阿紫走了进来，关上房门。她的脸色凝重而温柔。

"慕唐，听说你和冰儿闹翻了？"她开门见山地问。

"唔。"他轻哼着，"你喝茶？还是咖啡？"

"你少来！"她夺下他手中的杯子，把他推进沙发里去，"请你坐好，我自己会来泡茶。"她熟悉地泡了两杯茶，看到桌上的喜饼了，"谁订婚了？"

"朱珠。"

"阿朱啊！"阿紫叫着，不知何时，阿紫和朱珠间，就很巧妙地利用了金庸小说里两个人物的名字，彼此称呼阿朱和阿紫了，"她和李茂生订婚了？好啊！他们很相配，李茂生忠厚诚恳，阿朱温柔多情。"

"原来，你也知道阿朱的事！"

"是呀，我和阿朱、雅一都很熟悉了呢！"她坐在慕唐对面，收起了笑容，正视着他，一本正经地说，"不过，我今晚不是来和你谈阿朱的，我是来和你谈冰儿！"

冰儿！他的心脏又紧紧地抽痛了一下。

"她告诉你了？"他问，声音十分软弱。

"是。"她坐正了身子，双手捧着茶杯，她的眼睛，非常深刻、非常严肃地盯着他，"慕唐，你决心和冰儿分手了吗？"

他震动了一下。分手，两个好简单的字，像两把刀，上面还沾着血迹。分手！"我想，这不是我决定的，"他抽了一口气，"是冰儿决定的！我——再也没有办法，继续维持三个人的局面，她必须在两个人中选择一个！她选了徐世楚！"

"你很意外吗？"阿紫深切地问。

"我……"他思索着，"来不及意外，只觉得痛楚。"他回答得好坦白，在阿紫面前，用不着隐瞒自己那受伤的情绪和自尊。

"唉！"阿紫长长地叹了口气，"我曾经想救你！记得吗？慕唐？当你和冰儿一开始发生感情，我就飞奔着跑来，想阻止这一切，想挽救这一切，可是，来不及了，你一陷进去，就陷得好深好深，完全不能自拔。"

"阿紫！"他愕然地喊，"难道你在那时候，已经预见我们今天的结果？"

阿紫凝视他，眼神是悲悯的、难受的、同情的。

"我对你说过，"她低语，"他们两个会讲和。我问过你，如果到那时候，你要如何自处？我——我实在……实在是提醒过你，暗示过你！"

"为什么……"他有些糊涂，他甩了甩头，想让自己的脑子清醒一些，"你能预见这一切？你早知道，我的力量如此薄弱吗？"

"不。我一度把你的力量估得很强。"

"但是，你估错了？"他悲哀地问，"我仍然斗不过那个徐世楚，我无法让冰儿对我死心塌地！可是……"他懊恼地用手扯着头发，逐渐激动起来，"冰儿和我，也曾生死相许，难道爱情是如此脆弱，如此禁不起考验的东西？还是因为我错了？我该忍耐，我该让冰儿慢吞吞地在我们两个人中选择？我该一直维持三人行的局面？但是……"他仰躺进沙发深处，眼睛瞪视着天花板，他的心脏绞扭成了一团，"我受不了了！阿紫，我再也受不了了！或者我太自私，冰儿说对了，她说我自私，我是太自私了，我的眼睛里就容纳不下一粒沙……我……"他闭上眼睛，"我没有办法！这种恋爱，对我而言，是一种折磨！"

"慕唐！"阿紫扑过来，热心地看他，"你不要自怨自艾好吗？我今晚来，就是想把一切都说清楚！如果你会痛，也痛这一次吧！狠狠地痛一下，总比零刀碎剐好！"

他有些惊惧。"你要说什么？"他问。

"我想……冰儿从没有爱过你！"她清晰地说。

"什么？"他错愕地。

"慕唐，你实在不了解冰儿。"阿紫飞快地接口，"冰儿的生命里，除了徐世楚，从没有过第二个男人。她的感情非常浪漫，非常强烈，非常戏剧化，非常孩子气，也非常痴情！她碰到了徐世楚，这个徐世楚，符合了她所有的要求：浪漫、强烈、刺激、戏剧化，而且童心未泯。于是，他们恋爱了，爱得天翻地覆，死去活来。可是，冰儿的痛苦是，徐世楚并不专情，他随时在变，见异思迁。为了徐世楚的不专情，他们吵过、闹过、分手过、和好过，甚至——自杀过。"

"这些事，"李慕唐沉声说，"我都知道。"

"是的，"阿紫再叹了口气，"这些你都知道。说一点你不知道的。第一次冰儿变心，是去年年初，冰儿忽然在三天内和一位元电视编剧，陷入情网，同时，宣布和徐世楚分手。徐世楚这一下吓坏了，他费了九牛二虎之力，再把冰儿追了回来。那位元电视编剧和冰儿的爱情维持了两星期。第二次，是去年夏天，徐世楚故态复萌，又心生二意，于是，冰儿再度在三天内恋爱了，对方是个大学生，比冰儿还小两岁。当然，徐世楚又慌了，历史重演，徐世楚拼命地追，大学生黯然而去。冰儿和这大学生的感情，维持了大约一个月。至于你……"她深深地注视他，慢慢地说了出来，"已经是维持得最久的一个了！"

李慕唐的背脊挺直了，脸色变得死一般苍白。

"你在暗示我……"他哑声说。

"不，我不在暗示，"阿紫继续凝视着他，"我在清清楚楚地告诉你。你有最强的分析能力，你有思考和组织的能力，不要让感情把你的视线完全蒙蔽。冰儿，她的心并不坏，她也不是在玩弄手段，她只是太爱徐世楚了。当她发现只要她变一变心，徐世楚就会弃甲投降，她就在有意与无意之间，利用着这件事。所以，历史一再重演了又重演，我在旁边看同一幕戏，也已经看到第三场了。"

李慕唐倒进沙发里，闭上眼睛。现在，已经不是心脏痛楚的问题，他的头晕了，思绪混乱了，背上发冷了，而额上，大粒大粒的汗珠，都冒出来了。他觉得自己被猛力摔进一个无底的冰洞里，在那儿沉下去，沉下去，沉下去……却一直沉不到底。他抓住了沙发的扶手，手指深陷到沙发的海绵里去。冰儿，他心中"绞"出了这个名字。冰儿！这太残忍！太残忍！太残忍！

"慕唐。"阿紫的手，温柔地盖在他手上。

"别碰我！"他像触电般把手抽了回来，他抬起头，眼睛发红，声音发抖，他瞪视着阿紫，暴躁而悲痛地喊了出来，"你为什么要告诉我这些？你为什么不让我保持一丝丝的幻想？一点点的自尊？你为什么要出卖你的朋友？你为什么不闭紧你的嘴，咽住冰儿的秘密？你为什么要告诉我？为什么要告诉我？"他吼着。

"因为……"阿紫从沙发里站了起来，把茶杯重重地放在桌上，她的背挺得笔直，眼睛深刻而黝黑，"我不忍心看到你继续在那儿做梦！因为我心目中的你，远远超过以前那两位男士，我不要你受到更深的伤害！"

"那么，你早在干什么？你为什么不早一些告诉我？为什么不在一开始就告诉我……"

"我试过的！"阿紫悲哀地说，"但是，仍然太晚了！我怎么料到，像你这样一个稳重、博学、有主见的大男人，仍然会在三天之内，被冰儿收得服服帖帖！我曾经骂过你荒唐，记得吗？我曾经骂过你是笨蛋，你记得吗？但是，你对我怎么说的？你说，你爱冰儿，更胜于爱自己！当时，我就抽了口冷气。事情已经演变到了那个地步，我只有勉强我自己，去相信这一切都是真的，相信这一次，冰儿不是做戏给徐世楚看，而是真正爱上你了。因为——"她长长地叹息，"我一直认为，你比徐世楚，强了太多太多！我对你们两个，也有着真心的祝福和期望！谁知道……"她停住了。

谁知道有一个笨蛋，相信自己是一片草原，绿油油的，广大、平实，而充满了生机！谁知道有个笨蛋，只要别人给他喝一点点酒，他就会"醉"得分不清东南西北，忘记了天地玄黄。谁知道那个女孩——冰儿，如此晶莹剔透，闪亮夺目，却会这样翻手为云，覆手为雨！他昏昏沉沉地站着，昏昏沉沉地想着。冰儿的话又荡漾在他的耳边：

"请允许我，为你重新活过！"

他的手，用力地压住了胸口。不，冰儿，这太残忍了！太残忍了！你把一个男人所有的骄傲与自信，一起谋杀了！

"或者，你会恨我告诉了你真相，"阿紫咽了一口口水，继续说，"或者，你愿再抱着一个梦想，冰儿会重回你的怀抱！或者，你根本不相信我告诉你的故事！也或者，"她顿了顿，"是我错了，冰儿并非做戏，而是真的爱上了你……不管怎样，我今晚不顾后果地跑到你这儿来，不顾后果地把我所知道的事都告诉你，我的动机只有一件：慕唐，"她诚挚地说，"你那么坚强，那么理智，那么深刻……你不要让自己再陷下去了！也不用为这段感情太伤心！"

他重重地呼吸，眼睛望着窗外的天空。

"阿紫，"好半晌，他才幽幽地说，"我不坚强，我不理智，更谈不上深刻！我想我已经陷得太深太深了！但是，阿紫，请放心，我还是会好好地活着，好好地工作，我相信……"他深深呼吸，"我会慢慢恢复，找回自我。

毕竟，这地球还存在，太阳也没有和别的星球相撞。毕竟，这不是世界末日！"

是的，这不是世界末日。天空中，繁星依然璀璨，月光依然明亮。台北市的万家灯火，依然闪烁。这不是世界末日，他挺直了背脊，凝视着漠漠无边的远方。

那一整夜，他就站在那儿，眺望着夜色里的穹苍，阿紫是什么时候离去的，他根本不知道。

第十四章

一星期后，李慕唐写了封信给冰儿。

冰儿：

　　我要告诉你一个故事。

　　中国有许多笔记小说，有许多传奇故事，我要告诉你的这个故事很短，出自一本名叫《琅嬛记》的书。

　　据说，有一位书生，名字叫沈休文。有一天，沈休文在他的书房中独坐读书，当时天正下着小雨，风飘细雨如丝。沈休文忽然看到有个女孩，手里拿着纺纱织布用的络具，她一边走，一边把雨丝收束起来，用络具纺着雨丝。就这样随风引络，络绎不断。纺着纺着，她就走进了沈休文的书斋，把她用雨丝所纺成的轻纱，送给了沈休文，并且告诉他说：

"这丝名叫冰丝，送给你做成冰纨。"

说完，这女孩就不见了。沈休文后来把冰丝做成衣裳，又做成扇子，终年随身，视为珍宝。

冰儿，这故事好短，就这样结束了。我常常想，沈休文这一生，还能抛开那冰丝吗？还能忘记那纺雨的女孩吗？那细雨如丝，随风引络的画面会从他眼前消失吗？还有——还有……那女孩真的消失了吗？

这是中国古代的故事，真不相信这些记载。原来，中国这民族，自有她浪漫的一面，浪漫得那么美，浪漫得那么"不真实"。然后，我要告诉你一个现代的故事。同样的故事，发生在今年年初，一个"风飘细雨如丝"的晚上。有个很笨的医生，名字叫李慕唐。李慕唐独坐在他的诊所里，忽然有个女孩出现了，双手握着两束雨丝，穿着长裙曳地的白礼服，笑吟吟地走进门来，把她手中的"冰丝"送给了李慕唐。

冰儿，这是一个开始。

冰儿，让我告诉你我是怎样一个人吧！当你在那雨夜里出现以前，我一直是个平凡的、努力的、追求一种朴实生活的男人。我不浪漫，也没有幻想，更不做梦。我和细菌、病症、人体器官打交道，从没有想到过我会碰到什么浪漫的事，更休提这浪漫的事还会改变我的一生。那些神话一般的爱情小说，我一直认为只是"解闷"的工具而已。不能相信，无法相信，也不去相信的。

然后，你出现了，有冰雪般的纯净，有火焰般的热情，有画一般的美丽，有诗一般的幽情。你怎样强烈地震撼了我！你怎样强烈地吸引了我！你怎样打开了我的视野，把我一下子就带入了你那个浪漫的世界里去了，而这世界，居然如此色彩缤纷，光怪陆离，使我心魂俱醉，而且目不暇接。我想，就在那个晚上，你已经将你手中的冰丝，织成冰纨，披在我的肩上了。冰儿，我非铁石，我乃血肉之躯，这件冰纨，来自仙境，一旦附体，居然把我包裹得紧紧的了。冰儿，如今回忆起来，我身上这件无形的外衣，就是你那天晚上给我披上的。从此，我就不由自主地卷进你的神话世界里去了。冰儿，我很希望我这封信写得有条有理，但是，我执笔时，心情已十分迷糊，如果凌乱，请你把络具拿出来，不妨重新络过。我前面写了那么多，只是要告诉你，一个很平凡的医生，对爱情根本没有憧憬与梦幻的医生，怎会被你捉住的。哦，冰儿，不要以为是你把我灌醉了，不要以为我相信自己是个大草原……都不是。真正网住了我的，是那个下雨的晚上，你纺雨为丝，把我网住了的。从此，我就没有脱下我的冰纨，从此，我就一头栽进去，不可救药地爱上了那个纺雨的女孩，她的名字叫冰儿。好长一段时间，我欺骗着我自己。我跟着你、阿紫、徐世楚四个人一起玩，看着你和徐世楚卿卿我我。我认为我是个旁观者，与整个故事无关。瞧！冰儿，我一上来就说过，有个"笨"医生。我愚鲁如此，迟钝如此，我怎配得上你那件冰纨！可是，要发生的仍然发生了。记得那个晚上吗？你第一次走进我的单身宿舍？当你对我说："请允许我，为你重新活过。"我心已醉，我魂已飞，我的思想和心灵，都"醉死"在你的软语低声里。啊，冰儿，那晚，你把第二件冰纨又披上了我的肩。

接下来的日子，你纺过雨，你纺过阳光，你纺过雾，你纺过月光，你是生来的织女。你把纺好的每件冰纨，都一一抛在我肩上。冰儿，我就是这样，被你的冰纨装饰起来了。有一度，我以为我会发光，而这光彩会吸引你，事实不然，发光的是冰纨，那一层一层的冰纨，每件冰纨，都是你织的，不是我造的。如果有一天，你把冰纨再一件件收回，你就会发现，那裸体的我，只是一具平凡的躯体而已。冰儿，我不知道我有没有把我的感觉说清楚。上星期，你和我"分手"了。

从来，我没有如此痛楚过。生平第一次，我承认那些小说家笔下"心碎"的字样。那"心碎"两字，实在不科学，医学大辞典里，从没有"心碎"这种怪病，想想看，"心碎"是什么局面！再大的撞击力，也不会把心撞"碎"的。这种既不通又不合逻辑的名词，真不知道那些没"知识"的人怎么会发明出来！可是啊，冰儿，我终于承认，心会碎了，因为，我就是个活生生的例子。

我们分手后，阿紫来看过我。好心的阿紫，是另外一个织女，她也纺纱织布，织出的是纱布，专门包扎伤口用的。她那么急切地想包住我的伤口，当她发现我心已碎时，她甚至穿针引线，为我缝纫起来，她把我"缝"得更痛楚了！但是，她说：

"如果你会痛，也痛这一次吧！"

所以，冰儿，我知道了所有的故事。关于电视公司的编剧，关于那个大学生，关于我。

　　如今，我坐在这儿给你写信，请你相信我，我已经心平气和。阿紫曾问我恨不恨你。哦，冰儿，我怎会恨你呢？如果不是你给我披上那件冰纨，我怎知道还有另一个世界？不。冰儿，你送给我的东西，来自一个神仙世界，不是每个凡人都有机会获得的。你瞧，世界上还是有千千万万没披过冰纨的人，在那儿拼命攻击"浪漫""爱情"和"梦"呢！我原本也是那些人中间的一个啊。不，冰儿，我一点都不恨你。非常非常诚实地说，不论你在谁的身边，我对你，都只有感激，只有深深的感激。现在，让我们来谈谈徐世楚吧！

　　徐世楚，一个好优秀的男孩子，帅气、聪明、幽默、热情，同时，还具备最好的仪表。这种男孩一向就是女孩子所喜欢的。冰儿，你当然爱他。可是，我现在必须提醒你一件事，你不是个凡间的女孩，你是来自神仙境界的。你有纺雨络丝的本能，你又喜欢把织好的冰纨披在你身边的男人身上。那徐世楚，他和你认识已久，交往多年。他的身上，早已被你左一件冰纨，右一件冰纨披了个密密层层。于是，你看到一个好亮好光好闪烁的徐世楚。你忘了，发光的只是冰纨。你就那么热爱着这个发光体了。但是，徐世楚毕竟也只是凡人，当那些冰纨把他闷得透不过气来的时候，他会挣扎，他会撕掉那些外衣……于是，他的光彩暗淡了，于是，你就开始痛苦，开始受伤了。

其实，徐世楚也是无辜的。本来，去和一位"仙子"谈恋爱，就是件痛苦的事。徐世楚生为凡胎，是入不了仙籍的，这并不是他的错。我们这些人，本就庸庸碌碌，都是凡胎。徐世楚和"仙子"谈恋爱谈累了，总会退而求其次，去找几个属于"人间"的女孩来轻松一下。当他"变"时，你惊慌失措，于是，也去"人间"抓两个傀儡"应变"。你们的故事，就是这样反复重演的。我相信，到我为止，这故事仍然没演完，还会继续重复下去。所以，我真为你担心。

冰儿，这封信已经写得很长了。我仍然不明白，你到底有没有看懂我的意思。这些日子，我仔细思量，我真为你担心。冰儿，你已经纺雨络丝，忙了好些年了。你会不会有一天，突然失去纺雨的能力呢？也会不会有一天，你突然失去纺雨的兴趣呢？当那一天来临的时候，你将如何度过你的岁月呢？冰儿，这世界上充斥的都是凡人。在我遇见你以前，我想过，我将娶一个温柔贤惠的女孩，过一份平静而安详的生活。虽然平淡，却很幸福。与你相遇以后，由于你给我披的那件外衣，使我的感情世界，忽而在山巅，忽而在深渊，忽而在火中，忽而在水里。这种水深火热的恋爱，我总算经历过了。可是，回转身来——我脱下冰纨，站在镜子前面，还我本来面目，我承认了，我本平凡。我不再要求水深火热的爱情了，虽然我知道它是"存在"的。我只要求平凡。

所以，冰儿，我写这封信给你。

你确定你是位"仙子"吗？

你确定要继续"纺雨络丝"吗？

无所谓。冰儿。不过，要认清你自己，也认清你周围的人。你可以继续络雨为丝，不过，去找一个"认识"你的人吧！只要那个人"认识"你生来不凡，他才懂得欣赏你，爱护你，而不会被你的"冰纨"闷死。徐世楚，他大概并不认识你！他从没有真正认识过你。

这世界上到底有谁"认识"你呢？有一个笨医生，经过水深火热的提炼，大概有些认识你，但是，那个笨医生，只是一位凡人，毫无仙骨，大概也配不上你。哦，冰儿，我真为你担心，你这样继续当仙子，只怕高处不胜寒。我不知道"仙子"有没有年龄限制，我们一般凡人，到了老年，就失去少年时期的冲劲干劲了。如果"仙子"也会老、再也纺不了雨，织不成丝，那么，她必将孤独！哦，冰儿，孤独的凡人犹可耐，孤独的仙子恐怕比凡人更悲哀！冰儿，请为你的未来想一想吧！最后，谢谢你，冰儿。谢谢你给过我的美好时光。谢谢你那件"冰纨"，我将把它折叠起来，收入我的樟木箱子里，永远珍藏！但是，我不会再穿它了。我总算把它脱下来了——我已甘于平凡。

冰儿，珍重！珍重！珍重！

永远爱你的慕唐

写于十月十一日灯下

又及：如果有一天，你对"仙子"的生涯厌倦了，不妨来找我聊聊天。我虽平凡，对于你的"境界"仍然是了解的。

又又及：如果有一天，你对"平凡"的生活感兴趣，请务必来找我，我将请你喝杯淡淡的酒，谈谈"平凡人"的未来。

第十五章

信是直接送到冰儿的信箱里去的。

十天的日子静静地过去了，天气转凉了，傍晚时分，天上飘起了一阵蒙蒙细雨。风飘细雨如丝，这种季节，令人惆怅。下班后，照例是夜深了。李慕唐关好了灯，锁好了门，拖着疲乏的脚步，走上四楼，往他的单身宿舍走去。

在房门口，他惊奇地站住了。

冰儿正斜倚在门边等待着。她穿着件非常简单的白衣长裙，脸上未施脂粉，洁净而雅致。头发已经半长了，松松散散地垂在耳际。她浑身上下，干净得一尘不染。她就这样站着，双手交握地放在裙子前面，脸上带着一个无比温柔、无比沉静的笑。

"哦，冰儿，"他怔着，"怎么不去诊所呢？"

"我算准了你的时间，并没有等你多久。我想，在你家门口，是应该有个平凡女人在等待的时候了。"

他的心狂跳了几下。不，不用自我陶醉，历史往往会重演。他把房门打开，两个人一起走进了门内。

关好了房门，他们静静相对。

"哦，冰儿，"他说，"你到底来做什么？"

"我用了三天的时间看你的信，"她说，坦白而真诚地盯着他，"左看一遍，右看一遍，直到我能倒背如流。然后，我用了三天的时间来想你的信，左想一遍，右想一遍，直到我认为我已经懂它的含意了。我又用了三天的时间来分析我自己，到底是凡人还是仙子？到底对纺雨成丝的工作是不是乐此不疲？左分析一遍，右分析一遍，直到我认为总算把自己弄清楚了。所以，我在今天白天，去看了徐世楚，今天晚上，我再来看你。"

"哦？"他应着，心脏沉稳地跳动，他的眼光紧紧地盯着她，她的眼睛是黑白分明的，那么纯净，那么温柔，那么坚定……他有些昏乱，有些迷糊，有些惶惑，有些期待，他甚至不敢说话。

"我跟徐世楚，"她继续说，"从来没有如此理智而平静地谈过话。当然，刚开始有点困难，他是那种从不肯安安静静谈话的人。但是，我总算……"她喘了口气，如释重负，"让他弄明白了，我和他将永远是好朋友，仅止于好朋友，再也不能往前走一步了。换言之，我和他终于在友善而平静的情绪下，结束了我们三年来，像演戏一样的爱情。"

李慕唐一眨也不眨地盯着她。

"再一次的结束？"他低声问，"准备结束多久？你确定是结束？真正的结束？"

"我知道我有前科，但是，请相信我的真诚吧！"

他沉默着，忍不住上上下下地打量她。

她也沉默了。然后，她也开始上上下下地打量他。

最后，还是他沉不住气了，他问：

"你在看什么？"

"一个认识'仙子'的'凡人'！"她微笑起来，忽然幽幽地叹了口气，"这世界上从没有仙子，对不对？所有的仙子都是凡人的梦。"

他不语，心中一片赞许。

"所以，"她加重了语气，"那个什么纺雨络丝的女孩，不过是沈休文南柯一梦，你知道，中国古人很爱做梦。有些现代的医生，遗传了这种特性，也会做起梦来。"

"嗯。"他哼着，"你到底要说什么呢？"

"我本平凡。"她吐出四个字来，仰头望着他，"你说过，如果我对平凡感兴趣的时候，你愿意和我谈谈平凡人的未来。"

他的心再度狂跳，他的呼吸又变得急促，他盯紧了她，哑声问："你知道吗？平凡人的未来都很平凡？"

"例如呢？烧锅煮饭，待客烹茶？"她问。

"那倒不一定。每个家庭有每个家庭不同的平凡，生活的方式是可以协调的。问题是，平凡生活中都有些类似的平凡……"

"例如……"冰儿接口，"这个星期天，我必须跟你回台中，让你的父母弟妹认识我。下个星期天，你必须跟我回高雄，让我的父母弟妹认识你！"

"冰儿！"他惊呼着，不太敢相信自己的耳朵。

"然后，我们需要两位元证人，一张证书。证人，徐世楚和阿紫可以充当，徐世楚要我转告你，他之所以会输给你，是因为他压根儿不知道有个什么《琅嬛记》！不过，他对于你说的，他被我闷得不能透气这件事颇有同感。他说，他让开了，因为，他还不想做很平凡的事，平凡到去买证书、上礼堂什么的。但，他祝福我们！他说——"她又加重了语气，"如此平凡的事，也需要一点勇气去做的！"她顿了顿，静静看他，"我说了这么多，我还不知道你是不是愿意和我做这件平凡的事呢？平凡到去——结婚？"

他屏息两秒钟，然后轻声说：

"冰儿，你怎么敢做这么大的决定呢？"

"因为我是真正地从云端落到地面来了。从头细想，仔细思量，我说了，我费了九天九夜才弄清楚，我到底是怎样的人。我到底爱谁。慕唐，发现自己只是一个凡人的时候，我觉得好幸福！发现有另一个凡人，如此了解我，如此关怀我，如此欣赏我，而且肯如此费力地唤醒我，我觉得更加幸福！我知道了，我这一生，或者做了许多傻事，但我不能放走我的幸福！这种幸福感，是徐世楚从没有给过我的。和这幸福感同时产生的，是一种归属感。突然发现，自己只是个平凡的小女人，想为一个自己所爱的男人，做一点平凡的事，例如——生儿育女。"她停住了，注视着他，忽然有点担忧起来，"或者……或者……"她碍口地说，"我误会了你的意思，或者……你并不想……结婚。是吗？是吗？"

"不，"李慕唐深思着，脸色严肃，"我在想另外一个问题。"

"哦？"她焦灼地仰着脸。

"我们的新房里能不能不漆桃红色？我痛恨那个颜色！"

"噢！"她喜悦地笑开了，用手一把环抱住了他的脖子，她大叫着说，"我们全用绿色！一片绿，像一片大草原；你就是那大草原，绿油油的，宽阔、广大，而充满了生机！"

唉唉！冰儿。他想，你的"仙气"尚未除尽，顺手织就的冰纨又抛了下来。他伸了伸脖子，仿佛把那件无形的外衣给穿上了。这一会儿，就让我们当一当神仙吧！即便是凡人，偶尔也会飘飘欲仙的！我们的故事，结束在所有平凡故事的"结局"上。"他们终于走上了结婚礼堂。"故事是不是就这样停止了？

不，人类的故事，永不停止。"结婚"只是平凡人生活中的一个句点。句点以后，往往是另一个故事的开始。婚姻的学问，比恋爱复杂太多太多！婚姻中的章节，是另一部"长篇"。但是，让我把故事结束在这个句点上吧。因为，我本平凡，我仍然喜爱这种平凡的结局！

一九八五年七月四日初稿完稿于台北可园

一九八五年八月十七日修正于台北可园

（京权）图字：01-2025-0195

图书在版编目（CIP）数据

冰儿 / 琼瑶著 . -- 北京：作家出版社，2025.1.
（琼瑶作品大全集）. -- ISBN 978 - 7 - 5212 - 3236 - 3

Ⅰ. I247.5

中国国家版本馆 CIP 数据核字第 2025Y36S42 号

冰儿（琼瑶作品大全集）

作　　者：琼　瑶
责任编辑：韩　星　李　雯
装帧设计：棱角视觉　纸方程・于文妍
责任印制：李大庆　金志宏
出版发行：作家出版社有限公司
社　　址：北京农展馆南里 10 号　　　邮　　编：100125
电话传真：86 - 10 - 65067186（发行中心）
　　　　　　86 - 10 - 65004079（总编室）
E - mail: zuojia@zuojia. net. cn
http: // www. zuojiachubanshe. com
印　　刷：三河市紫恒印装有限公司
成品尺寸：142 × 210
字　　数：98 千
印　　张：5.375
版　　次：2025 年 1 月第 1 版
印　　次：2025 年 1 月第 1 次印刷
ISBN 978 - 7 - 5212 - 3236 - 3
定　　价：2754.00 元（全 71 册）

品 琼 瑶 经 典

忆 匆 匆 那 年

琼瑶作品大全集